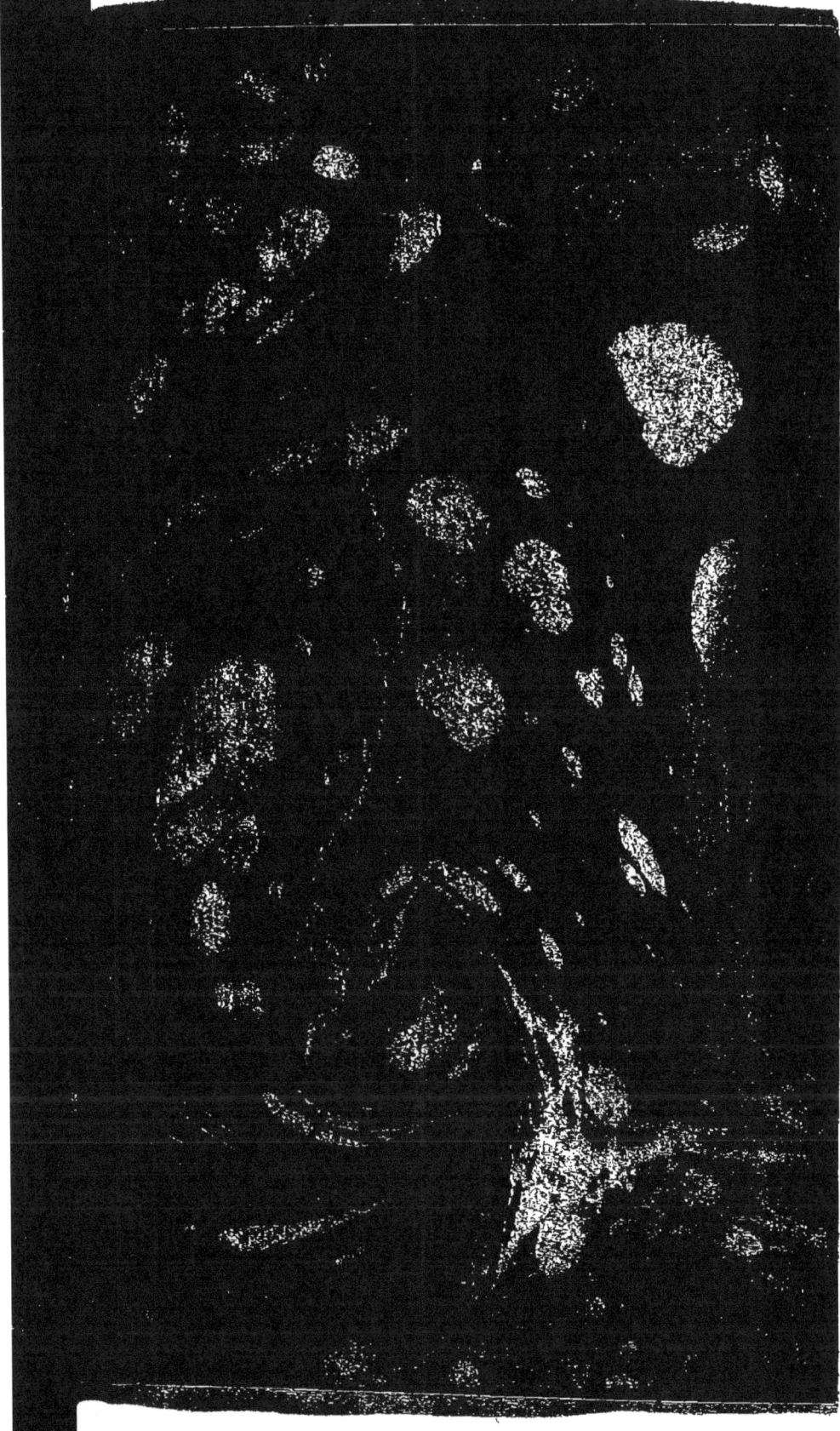

C. Schryer 1682.

ALCIMENE,

PASTORALE.

Par le Sr BOMPART DE SAINT-VICTOR.

De l'Imprimerie de N. IACQVARD, premier Impr.
& Libraire Ordinaire du Roy, Iuré en la
Senéchauſſée & Siége Preſidial
d'Auvergne, à Clermont.

M. DC. LXVII.

A MONSEIGNEVR
COLBERT
MINISTRE D'ESTAT.

ONSEIGNEVR,

Je ne sçay si l'on condamnera la liberté que ie prens de vous dedier cette Pastorale :

mais ie n'ay pû balancer un moment dans le chois que ie voulois faire d'un Protecteur. Vous estes le Mécenas des Muses, c'est par vos soins qu'elles florissent, c'est par vous que loin de se plaindre de l'ingratitude, & de la dureté du Siécle comme autrefois, elles n'employent leur veïlles maintenant, qu'à porter la gloire du Roy jusqu'au boût de la Terre ; ou à luy fournir des diuertissements, qui le délassent de ses grands travaux, & serieuses occupations. Ainsi, MONSEIGNEVR, quoy que ma reconnoissance soit foible & indigne de vous, ie ne laisse pas de vous la rendre, & de me mesler

parmy la foûle de ceux qui vous
consacrent leurs ouvrages, comme
au Dieu tutelaire des lettres. Les
Dieux, MONSEIGNEVR,

Laissent tout aprocher de leurs sacrez Autels,
Et ne dédaignent pas le moindre des mortels.

Ils estiment moins le prix d'vne
offrande, que le zele de celuy qui
la fait. Cette pensée m'a fort encou-
ragé dans le dessein que j'avois :
oûtre que i'ay crû vous deuoir con-
sacrer mon premier ouvrage, puisque feu mon frere vous auoit con-
sacré ses seruices jusqu'à la mort :
il vous les a rendus auec beaucoup
de passion, & de fidelité ; & puisque j'ay herité des sentimens qu'il
avoit pour vous, que mon nom &

A iij

mon visage ne vous sont pas incon-
nûs, j'ose, MONSEIGNEVR, vous
demander pour ALCIMENE,
la protection que vous donnés à
d'autres. Vôtre Nom peut luy seruir beaucoup, puisqu'il est reveré
de toute la Terre, & qu'on ne le
prononce qu'avec respect. Elle ne
craindra point les traitz de la cen-
sure, & quelques ennemis qu'elle
ayt, elle les regardera d'vne masse
assûrance, si vous daignés estre son
bouclier. Soûfrés donc qu'elle s'arme de vôtre illustre Nom, qui fait
conceuoir l'jdée du plus sage Mi-
nistre, que la France ayt veû fa-
vorisé de son Roy. Et en attendant
que ie sois capable de produire vn

ouvrage digne de vous, je feray
des vœux pour la continuation de
vôtre prosperité, & publiray par
toute la Terre, que ie suis auec vn
profond respect,

MONSEIGNEVR,

Vôtre tres-humble & tres-obeïssant
Seruiteur,
BOMPART DE SAINT-VICTOR.

Acteurs.

ICETAS Prince de Sicile, *déguisé en Berger, soûs le nom d'ALCANDRE.*

ADRASTE Escuyer du Prince, *soûs le nom de TIMANTE, déguisé en Berger.*

ALCIMENE, cruë fille de *NICANDRE*

LICORIS.

CLORINDE. } *Bergeres.*

TAMYRE, Amant d'Alcimene

CEPHALE, Amant de Licoris. } *Bergers.*

ASTIDAMAS Seigneur Sicilien.

NICANDRE, crû Pere d'Alcimene.

La Scene est dans l'Isle de Chypre.

ALCIMENE,

PASTORALE.

ACTE PREMIER.

Scene Premiere.

ALCANDRE, TIMANTE, *déguisez en Bergers.*

ALCANDRE.

Qv'en ces lieux, cher Timante, on goûte de
plaisirs !
Le murmure des eaux, le soufle des zephirs,
De mille oiseaux divers l'agréable ramage,
De ces Arbres touffus la fraîcheur & l'ombrage,
Ces jardins si fleuris, ces costâux verdoyans,

Ces antres, ces rochers, ces valons si riants;
Enfin cette charmante & diverse peinture
Qui doit ses plus beaux traits aux mains de la na-
    ture ;
Et qui dans tous les cœurs n'inspire que l'amour,
Me fait conter pour rien les pompes de la Cour.
Dans ces aimables lieux, dans cette Isle sacrée
Ou des tendres amours la mere est reuerée
Les troubles, & les maux ne regnerent jamais,
Tout y rit, tout y charme, & tout y vit en paix,
Mille galants Bergers, mille ieunes Bergeres,
Du matin jusqu'au soir dancent sur les foûgeres,
Vont paissant leurs troupeaux & de leurs doux
    concerts
Font retentir par tout les rochers & les airs.
Que si l'ame par fois de douleur est atteinte,
Si le cœur y languit & pousse quelque plainte,
Amour en est la cause & cét imperieux
Ne souffre rien que luy qui regne dans ces lieux :
Enfin tout ce qui brille en la superbe Grece
Dans cette Isle sacrée étale sa richesse
Et si ie l'ose dire à la honte des Cieux
Chypre à plus de beautez que le seiour des Dieux.
Pour moy de ses attraits i'ay l'ame si remplie
Que mon propre pays n'a rien que ie n'oublie ;
Heureux si n'estant pas maintenant étranger,
Cher Timante, le sort m'eût fait naître Berger.

TIMANTE.

Le Sceptre à vos pareils sied mieux qu'vne hou-
    lette,
Et vous estes, Ie croy, le seul qui la souhaitte.

ALCANDRE.

Vn fils de Roy n'eſt rien quand l'amour l'a bleſſé,
Et quelque grand qu'il ſoit il eſt bien abbaiſſé.

TIMANTE.

Seigneur ne cedez pas vne pleine victoire,
L'amour à des douceurs, mais bien moins que la
     gloire.

ALCANDRE.

Quand du plus grand Heſos il veut faire vn amant
La gloire eſt vn obſtacle opozé vainement,
Helas ! il eſt toûjours ſi doux à la memoire
Qu'on ſonge plus à luy qu'on ne ſonge à la gloire,
Ce titre ſi pompeux de fils de Souverain
N'eſt qu'vne arme legere, & n'eſt qu'vn tître vain,
Malgré des Potentats la Majeſté ſi fiere
L'amour và quelquefois chercher dans la pouſ-
     ſiere
Des vainqueurs embellis de mille attraits diuers,
Qui les font ſoûpirer ſans honte dans les fers.

TIMANTE.

Seriez vous devenu l'Amant d'vne bergere?

ALCANDRE.

Helas ! c'eſt vn ſecret que ie ne te puis taire.

TIMANTE.

Quoy ? pour goûter icy les amoureux plaiſirs
Auriez vous fait ailleurs pouſſer de vains ſoûpirs?
Auriez vous mépriſé tant d'amours, tant d'hom-
     mages,
Dans tout le vaſte cours de vos diuers voyages ?

ALCANDRE.

Pourquoy non, ſi les Dieux ont quitté leur ſejour
Pour goûter icy bas le plaiſir de l'amour ?

N'y vit on pas iadis le maître du tonnere
Faire secretement vne amoureuse guerre ?
De mortelles beautez luy causer des soûpirs
Auant que de se rendre à ses brûlans desirs ?
L'aimable deïté qu'on adore en cette Ifle
Contre vn ieune Berger trouva-t'elle vn azile ?
Des traits de ses beaux yeux pût elle s'échaper,
Et le bel Adonis sçût-il pas l'en fraper ?
Combien de fois, helas ! dans vn sombre boccage
Cuëillit-il à son gré les fleurs de son visage ?
Les œillets, les iasmins, les roses, & les lys,
Dont il voyoit sa bouche, & son sein embellis ?
Combien de fois Venus soûs l'habit de Bergere
S'assist-elle auec luy sur la verte foûgere ?
Combien de fois enfin courant parmy les bois
S'armà-t'elle auec luy de l'arc & du carquois ?
Vn exemple si beau, ce me semble autorise
Le violent amour dont mon ame est éprise.
Les Dieux sont plus que nous, & s'ils viuent
    ainsi
Qui veut les imiter ne peche point aussi.

TIMANTE.

Qu'elle est donc la Circé dont les amoureux char-
    mes
Ont contraint vôtre cœur de luy rendre les armes

ALCANDRE.

Son nom m'est inconnu.

TIMANTE.

               tandis que le sole
Laisse encor les Bergers dans les bras du sommeil
Voudriez vous icy m'en faire confidence ?
Mon desir curieux, ...

                    ALCANDRE

ALCANDRE.

Ouy, preste moy silence.
I'estois seul dans le bois & suiuant mon humeur
Ie conduisois mes pas incertain & reueur,
Alors qu'vne beauté de mille attraits pourveuë,
De ce costâu prochain vint s'offrir à ma veuë
Elle estoit, cher TIMANTE, en cét heureux mo-
    ment
Sur vn siege de mousse assise mollement ;
Vn ieune ormeau sur elle étendant son füeillage
Aux rayons du Soleil deffendoit le passage;
Mais de toute l'ardeur ne pouvant l'affranchir,
Ses füeilles se mouvoient pour la mieux raffrai-
    chir,
Et les Amants de Flore en oubliant leur peine
L'alloient tous caresser d'vne odorante haleine.
Elle auoit vn air doux, vn visage serain,
Et tenoit grauement la houlette à la main.
L'on eût pû dire alors en voyant tant de charmes,
Que Pallas auoit pris les Pastorales armes ,
Ou plûtot que c'estoit l'adorable Cypris
Qui gardoit le troupeau du Berger Adonis.
Ses moutons que suiuoit son Melampe fidelle
Sans s'éloigner d'vn pas paissoient tout autour
    d'elle,
Comme se dégoûtant , & faisant peu de cas,
De ces fleurs qui naissoiét ailleurs que soûs ses pas,
Ils s'arrestoient souvent pour ouïr l'harmonie,
Et goûter de sa voix la douceur infinie,
Souvent ils en estoient charmez si puissamment
Qu'ils ne songeoient qu'à peine à leur doux ali-
    ment.

                    B

Mais ma surprife fut de nouveau fans pareille
Quand ie vis de plus près cette ieune merueille.
La nature & les Dieux n'ont iamais fur vn corps
Répandu pleinement tant de riches trefors,
Car de fes traits diuers l'admirable iuftefle,
Que rehauffoient l'éclat & la delicatefle,
De fes yeux fi brillans les fiers & doux regards,
Si fçauans à percer les cœurs de toutes parts,
Et de fon fein de lait la blancheur fans feconde
T'auroient fait méprifer tout le refte du monde.
Mon abord l'étonnant vne viue rougeur
De fon teint doux & frais effacâ la couleur.
Et luy donnant l'éclat & la couleur des rofes
Au leuer du foleil nouuellement éclofes,
A fes premiers attraits adioûta des apas
Qu'en Venus autrefois Adonis ne vit pas.
D'abord elle fe leue, & mefme elle s'aprefte
A fraper fon troûpeau du bout de fa houlette
Comme voulant enfin le mener paître ailleurs,
Alors que tout émû de fes charmes vainqueurs,
Ou fuyez vous, luy dis-je, adorable Bergere,
Regardez dans vos fers vn captif volontaire.
Arreftez vous encore & fouffrez qu'en ces lieux
Il reçoiue à loifir les traits de vos beaux yeux.
Ie proferay ces mots d'vne voix fi foûmife
Que la belle s'arrefte & regarde fa prife :
Mais comme ie voulois plus long-temps luy parler
Elle me contraignit foudain de m'en aller.
Elle aperceût fa Mere en la plaine voifine
Qui dreffoit promptement fes pas vers la colline,
Ainfi pour obeir à fes ordres exprés
Ie r'entray dans le bois tout bleffé de fes traits.

TIMANTE.

Du peinceau de l'amour i'admire icy l'adreffe
Qui du cœur d'vn Heros colore la foibleffe ;
En effet vous peignés fi bien cette beauté,
Qu'elle à droit d'attenter à voftre liberté.

ALCANDRE.

Ce que i'ay dit n'eft rien qu'vne groffiere image,
Qu'vn crayon imparfaict de l'objet qui m'engage.

TIMANTE.

Qu'on eft ingenieux alors qu'on eft amant!

ALCANDRE.

Ont fait de ce qu'on aime vn objet tout charmant:
Mais auant mon Amour cette ieune Bergere ,
Cher Timante, auoit droit de charmer & de plaire
Et toy mefme avoüras qu'vn infenfible cœur
Ne peut pas refifter aux traits de ce vainqueur.

TIMANTE.

C'eft donc pour luy montrer aifément voftre fla-
me ,
Et pour luy dire mieux le fecret de voftre ame,
Que vous eftes couuert de l'habit Paftoral.

ALCANDRE.

On fait tout ce qu'on peut pour découurir fon
mal,
Vn autre habit enfin l'auroit éfarouchée.

TIMANTE.

Ainfi deffous les fleurs la vipere eft cachée.
Mais . . . .

ALCANDRE.

                  Que regarde-tu ?

TIMANTE.

                  Ne me trompé-ie pas ?

B ij

ALCANDRE.

Ah ! Timante !

TIMANTE.

Seigneur ?

ALCANDRE.

La Bergere que i'ayme,
S'auance la premiere, ô Dieux ! c'est elle mesme,
Qu'elle grace ! quel port ! & qu'elle maiesté !
Peut-on viure & la voir sans en estre enchanté ?
O ! que ie voy d'apas & d'amours à sa suitte !
Mettons nous à l'écart.

Scene seconde.

ALCIMENE, LICORIS,

LICORIS.

oüy, vrayment ie m'irrite
Contre ta froide humeur.

ALCIMENE.

Ah ! LICORIS tout doux
Ne t'inquiéte pas , & calme ton couroux.

LICORIS.

D'y moy donc d'où te vient cette humeur inegale ?
Quand ie cüeillois ces fleurs pour mon Berger
   Cephale,
Pourquoy ne vouloir pas en cüeillir comme moy,
Pour orner le Berger qui te tient soûs sa loy ?
Pourquoy luy refuser cette douceur extrême ?
Helas ! il est si doux d'embellir ce qu'on aime !

Qu'vn amant à de joye & qu'il sent de douceurs
Quand vne belle main le couronne de fleurs !
Quel chagrin est le tien, ma fidelle Alcimene ?
Sans me rien déguiser declare moy ta peine,
Est-ce la ialousie ? est-ce qu'en ton amant
Tu ne remarques plus le mesme empressement ?
Son cœur est-il volage, inconstant, infidelle ?
Aurois-tu découuert sa Bergere nouuelle ?
As-tu quelque dépit ? ou l'as-tu querellé ?
Ou t'a-t'il querellée ? & s'en est-il allé,
Plein d'vn ardent couroux sans demander sa grace?
Dis, pour te consoler, que faut-il que ie face ?
Découure moy ton cœur, le mien est fort discret.
Parle, ie sçay garder jusqu'au moindre secret :
Explique maintenant le mal qui te possede,
ALCIMENE, ie puis y trouuer vn remede,
Tu ne dis mot encor ? au nom de l'amitié,
Aprens moy de ton mal tout au moins la moitié.

ALCIMENE.

Ah ! Licoris !

LICORIS.
He ! bien ?

ALCIMENE.
Alors que ie soûpire,
Que ne peus-tu sçauoir ce que cela veut dire ?

LICORIS.
C'est que Tamire fait ta ioye & tes plaisirs.

ALCIMENE.
Helas ! que tu sçais mal expliquer ces soûpirs!

LICORIS.
Ah ! ie iuge toûsiours des autres par moy mesme,
Si i'ayme constamment c'est ainsi que l'on m'aime

B iij

Mais ta legereté rend mon cœur interdit ;
Quoy ? tu veux démentir tout ce que tu m'as
　　　dit ?

ALCIMENE.

He ! que ne dit-on pas pour éviter le blâme
Que merite toufiours vne nouuelle flâme ?
On parle bien fouuent de ce qu'on ne fent pas.

LICORIS.

Ainfi l'amour volage à pour toy des apas ?

ALCIMENE.

Peut-on fe reuolter contre la deftinée ?

LICORIS.

Mais détruire en vn iour les amours d'vne année ?

ALCIMENE.

I'ay fait ce que i'ay pû pour n'y pas confentir.

LICORIS.

Mais d'vn nouuel amour on peut fe garentir.

ALCIMENE.

Si cela fe pouvoit ie voudrois bien le faire.

LICORIS,

Tu le peux fi tu veux.

ALCIMENE.

　　　　　　　ma force eft trop legere.

LICORIS.

On n'aime prefque plus dés - qu'on veut n'aimer
　　　point.

ALCIMENE.

Pourquoy ne puis-ie pas t'obeir fur ce point !
Car enfin ie voudrois n'aimer rien que Tamire,
Mais helas ! Licoris ie ne puis que le dire.

LICORIS.

Mais eft-il vn Berger plus aimable que luy !

ALCIMENE.

Et c'est vne raison qui m'accable d'ennuy.

LICORIS.

Aprens moy donc de qui tu deuins la conqueste ?

ALCIMENE.

Mon cœur se trouble helas ! & ma langue est
 muëtte,
Ie n'ose te le dire.

LICORIS.

    Est-ce vn monstre, dy moy ?

ALCIMENE.

C'est ....

LICORIS.

  Hem ?

ALCIMENE.

 Vn grand Seigneur, qui me tient soûs sa loy.

LICORIS.

Vn grand Seigneur dis-tu ?

ALCIMENE.

      Licoris ie le pense,
Ie ne sçay quel il est, n'y qu'elle est sa naissance ;
Ie luy donne ce nom peut-estre sans suiet
Mais, enfin de ma flame il est l'vnique obiet.

LICORIS.

Ou donc te trouua-t'il ?

ALCIMENE.

      Dessus cette colline.

LICORIS.

Ie voy par ton amour qu'il auoit bonne mine.

ALCIMENE

Plût au Ciel qu'à mes yeux il eût eû moins d'a-
 pas !

LICORIS.

Mais alors que dit-il ? ne t'en souuient-il pas ?

ALCIMENE.

Il me parla d'abord de captif & de chaine.

LICORIS.

Te parla-il long-temps ?

ALCIMENE.

Fort peu.

LICORIS.

Mais, Alcimene,

Il t'aime donc ?

ALCIMENE.

Peut-estre.

LICORIS.

Et tu le veux aimer ?

ALCIMENE.

Helas ! c'est malgré moy que ie sens m'enflammer.

LICORIS.

Chere ALCIMENE, apiens qu'il fût tousiours
    facile
De ne point s'enflammer d'vn amour inutile.
Quand on n'espere rien l'amour est sans pouuoir
Et l'amour seulement s'entretient par l'espoir:
Car dequoy flates-tu cette nouuelle flame
Si de Tamire enfin tu dois estre la femme ?

ALCIMENE.

Ie le sçay, mais l'amour est vn Dieu bien puissant,
Plus on le veut détruire, helas ! plus on le sent,
Mais, quels sont ces Bergers ?

Scene troisiéme.

ALCIMENE, LICORIS, ALCANDRE,
TIMANTTE.

ALCANDRE.

Hé ! quoy ? belles Bergeres
Au leuer de l'Aurore en ce lieu solitaires ?

ALCIMENE.

Bergers nous y venons ioüir vn peu du frais,
Tandis que le sommeil tient les autres en paix.

ALCANDRE.

Dorment - ils bien en paix quand vous faites la
guerre ?
Vous qui pouuez troubler le repos de la terre ?
Vos yeux furent tousiours de puissans ennemis,
Et ie veux croire aussi qu'ils en ont bien soûmis.

ALCIMENE.

Dans le hameau pourtant chacun ne s'en plaint
guere

ALCANDRE.

Le respect sçait contraindre vn esclaue à se taire.

ALCIMENE.

Ma Cōpagne à le droit de vaincre & de charmer.

LICORIS.

Vous deuez de vous mesme vn peu plus presumer.

ALCANDRE.

L'vne & l'autre pouuez vous faire des esclaues
Des plus fiers ennemis, des vainqueurs les plus
braues,

Ie diray plus, encor que ie fois étranger,
I'en connois quelques vns maintenant.

ALCIMENE.

Vous Berger ?

ALCANDRE.

Ouy.

ALCIMENE.

Ie n'en connois pas,

ALCANDRE.

Il en eſt dans cette Iſle,
Vous voulez le cacher mais il eſt inutile ;
Helas ! ſi ie pouuois vn peu leur reſſembler
Quel grand bonheur au mien pourroit on égaler ?

LICORIS.

Ou bien, que ces Bergers deuroient à la nature,
S'ils étoient comme vous.

ALCANDRE.

Vous leurs faites iniure,

LICORIS.

Ie parle à mon aduis plus raiſonnablement.

ALCIMENE.   *à part.*

Que ce Berger reſſemble à mon nouuel amant !

ALCANDRE.

Mais....

ALCIMENE.

Bergers excuſez ma demande inciuile,
Depuis quand, s'il vous plait, eſtes vous dans cette
Iſle ?

ALCANDRE.

Depuis hier ſeulement,

ALCIMENE.   *à part.*

que ſon viſage eſt doux !

LICORIS.

Quel bon genie à pû vous mener parmy nous ?

ALCANDRE.

Le recit qu'on nous fit de vostre Isle sacrée
Nous fit auec plaisir quitter nostre contrée.

ALCIMENE.

Vous plaisez vous à voir ses diuerses beautez ?

ALCANDRE.

Elles tiennent des-ja tous nos sens enchantez.

ALCIMENE.

Vous estes étrangers, vous nous direz peut-estre
Quel est ce grand Seigneur, que l'on a vû paraitre,

ALCANDRE.

Ou ?

ALCIMENE.

Sur cette colline,

ALCANDRE.

Ouy, ie puis en donner
Vn éclaircissement qui doit vous étonner.
Son Pere n'estant plus il regne dans nostre Isle
Et c'est pour trancher court le Prince de Sicile.

ALCIMENE.

Le Prince de Sicile ?

ALCANDRE.

Ouy, Bergere c'est luy.
Ie le vis partir hier.

ALCIMENE. *à part.*

Ah ! quel est mon ennuy !

ALCANDRE

Il est allé reuoir la Cour du Roy son Pere.

ALCIMENE.

Ce Prince à l'air bien doux.

ALCANDRE.
　　　　L'auriez vous veû Bergere?
ALCIMENE.
Ouy, Mais s'il quitte Chypre il laiſſe ſon portrait.
ALCANDRE.
Comment ?
ALCIMENE.
　　　L'on voit en vous juſqu'à ſon moindre trait.
ALCANDRE.
Il eſt vray qu'on m'a dit ſouuent par railletie
Que cet original trouue en moy ſa copie.
ALCIMENE.
Voſtre viſage au ſien ne peut mieux s'égaler.
ALCANDRE.
C'eſt vn honneur bien grand que de luy reſſembler.

❧❧❧❧❧❧❧❧❧❧❧❧❧❧❧

Scene quatriéme.

ALCIMENE, LICORIS, ALCANDRE,
TIMANTE, CEPHALE, TAMIRE.

TAMIRE à CEPHALE.
Deux Bergers inconnus à cette heure auec elles!
ALCIMENE. *à part.*
Si c'eſtoit luy !
CEPHALE à TAMIRE.
　　　Tamire, elles nous ſont fidelles.
LICORIS, *les aperceuant.*
Bergers aprochez-vous, Chypre doit ſe vanter,
Puiſque ces étrangers y viennent habiter.

　　　　　　　　　　　Ils

ıls ne font pas enfin d'vne valeur commune.

CEPHALE.

En effet nous deuons beaucoup à la fortune.

LICORIS.

Ils arriuerent hier ,

CEPHALE.

Nous ferons glorieux
De les voir auec nous demeurer en ces lieux.

LICORIS.

Puis donc que ce beau iour eft vn iour d'allegreffe,
Que l'on y facrifie a la grande Déeffe,
Et qu'on s'y diuertit à des ieux innocens,
Il faut que ces Bergers y foient auffi prefens.

CEPHALE.

Nous ozons nous flater d'vne pareille grace,
Mais tandis que chacun s'aprefte pour la chaffe,
Nous irons auec eux aux iardins de Venus,
Et nous leur ferons voir les lieux qu'ils n'ont pas
veûs.

ALCANDRE.

De combattre auec vous ce feroit inutile,
Ainfi nous acceptons cette offre fi ciuile,
Nous vous fuiuons.

TAMIRE.

I'entens ie croy donner du cor,
Cephale il ne faut pas que nous tardions encor,
C'eft le fignal qu'on donne allons Bergers.

ALCANDRE.   *à part,*

Alcandre,
On t'aime au mefme temps que l'Amour t'a faiɛ
rendre.

C

Scene cinquiéme.

ALCIMENE, LICORIS.

ALCIMENE.

Que dis-tu, Licoris, de ces deux étrangers ?

LICORIS.

Prés d'eux ie ne vois rien d'aimable en nos bergers,
Celuy qui m'a parlé me charme d'auantage.

ALCIMENE.

En effet, la beauté regne sur son visage.
Helas ! que cette veuë est cruelle a mon cœur !
En augmentant le prix de mon dernier vainqueur,
Elle me dit sa perte, ô Ciel ! mais . . . .

LICORIS.

Quoy ?

ALCIMENE.

Peut.est

Qu'en habit de Berger le Prince veut paraître ?
Ie ne sçay, mais enfin vn tendre mouuement,
Qui croît dedans mon cœur de moment en mo
ment . . . .

LICORIS.

Parlons - en mieux tu cours aux doux apas
change,
Et l'vn de ces Bergers soûs son pouuoir te range
Mais pour colorer mieux ton infidelité
Tu me dis étonnée & d'vn ton affecté,
Que ce Berger ressemble au Prince de Sicile !
Voy tu pour m'abuser la feinte est inutile.

ALCIMENE.

Ah ! laiſſe moy nourrir cette agreable erreur,

LICORIS.

Le Prince eſt loin d'icy , reprens ton foible cœur
Qu'en feroit-il ?

ALCIMENE.

Helas! le moyen de reprendre
Vn cœur comme le mien & ſi foible & ſi tendre ?

LICORIS.

Tu l'oſtas à Tamire & comme on peût iuger,
En faueur de quelque autre il pourra bien changer,
Ie le tiens peu fidelle au Prince de Sicile
Depuis que deux Bergers ſont venus en cette Iſle,
Ton cœur n'aime iamais à rendre des combats.

ALCIMENE.

Mais, ſi i'en aymois vn, pourquoy ne veux tu pas
Qu'il ſoit tel à mes yeux que mon cœur le croit
eſtre ?
Ah ! Licoris , mon cœur à reconû ſon Maître,
Par ſon émotion, par ſon trouble Secret . . ..

LICORIS.

Il méconoît le Prince , & ne ſçait quel il eſt.

ALCIMENE.

Mais Clorinde joyeuſe & preſque hors d'haleine
Dreſſe ſes pas vers nous ? quel ſujet nous l'amene ?

Scene ſixiéme.

ALCIMENE, LICORIS, CLORINDE.

CLORINDE.

Alcimene le Ciel te comble de faueurs.

C ij

Ton Pere vit encor ?

ALCIMENE.

Qui l'a dit ?

CLORINDE.

Deux pescheurs,

Depuis le jour fatal que tu souffre sa perte,
La terre s'est deux fois de verdure couuerte,
Tous nos Bergers ont sçû l'état infortuné,
Ou par l'ordre du fort il se vit condamné,
On se souuient encor de la triste maniere
Dont il reçût les fers d'vn Barbare Corsaire,
Vn iour qu'il estoit seul dans vn petit batteau,
Et qu'il se promenoit le long des bords de l'eau ;
Car s'esleuant soudain vn furieux orage
Il se vit tout d'vn coup esloigné du riuage.
Tu sçais que peu de temps apres ce triste sort
Par quelques étrangers nous aprimes sa mort :
Et voila cependant pour te combler de ioye
Deux pescheurs ce matin qu'vn heureux sort
         enuoye ;
Ils ont dit à ta mere assurant son retour,
Qu'elle le reuerroit peut-estre dans ce jour,
Qu'a vingt mille d'icy passant dedans leur barque
Prés du vaisseau d'vn homme, & de rang & de
         marque,
Par ton Pere aussi-tôt ils furent reconûs,
Qu'il estoit sur le bord.

ALCIMENE.

Quel iour.

CLORINDE.

Hier, & deplus,
Qu'il leur parla long-temps de son dur esclauage,

Des-le iour qu'il se vit esloigné du riuage,
Enfin qu'il les chargea de te dire auiourd'huy,
Que le Ciel fauorable auoit eü soin de luy.

ALCIMENE.

Ce bon-heur est si grand que ie le crois à peine.

CLORINDE.

Il n'est rien qui ne rie à la belle Alcimene,
L'amour & le destin preuiennent ses souhaits.

ALCIMENE.

Ils répandent sur moy d'assés rares bien-faits,
Mais à n'en mentir pas le retour de mon Pere
Passe tous les presens que leur main me peut faire,
Aussi vais-ie payer au pied de nos autels,
Ce que mon cœur surpris doit à ces immortels ;
Si le temple est ouuert, allons y, ma compagne.

CLORINDE.

Voulez vous iusques-la que ie vous accompagne.

ALCIMENE.

Nos vœux estant vnis me racquiteront mieux
Des graces que ie dois à la bonté des Dieux.

ACTE SECOND.

Scene Premiere.

ALCIMENE, seule.

Quoy ! mon cœur auiourd'huy que i'entens qui
soûpire,

C iij

Prendra de nouueaux fers foûs vn nouuel empire?
Quoy? fans s'affujettir aux loix de la raifon
Il entrera toûjours de prifon en prifon?
Tamire, ce Tamire où l'on voit tant de charmes
Que dans noftre hameau chacun luy rend les
     armes,
Ofant bien attaquer fa tremblante fierté,
Luy fit rendre auffi-tôt fa chere liberté :
Mais, ce cœur tout nouueau dont il fit fa con-
     quefte,
Trouua tant de douceur mefme dans fa deffaite,
Qu'accufant auffi-tôt, l'amour & le hazard
Il fe plaignit helas! d'auoir aymé fi tard,
Ce Tamire pourtant a perdu fa victoire,
Son triomphe n'eft plus, ô Dieux l'ozay ie croire
Vn Prince que l'amour conduifit fur fes pas,
Luy déroba ce cœur qu'il n'abandonnoit pas,
En vain i e m'efforçay d'abord de le reprendre,
Pour auoir le plaifir apres de le luy rendre.
Son aymable vainqueur fçût fi bien le tenir,
Que ce cœur interdit ne pût plus reuenir.
Ce Prince toutefois qui n'eft plus dans noftre Ifle
Ne l'a pas emporté tout entier en Sicile,
Vn Berger que le ciel voulut fauorifer
D'vn feul trait de fes yeux a fçû le diuifer,
Entre ces deux moitiéz ie fuis fi balancée,
Que ie ne puis fçauoir où fixer ma penfée,
Si le Prince eft l'objet de mes vœux amoureux,
Le Berger dans mon cœur a fait naitre des feux,
Mais las! fi le Berger eft le Prince luy mefme?
Si mon aymable Prince eft le Berger que i'ayme
Si ie n'en ayme qu'vn foûs deux noms differens

Ie ne sçay, mais enfin le raport de mes sens,
Mon cœur, & mes desirs, lorsque ie les écoute,
Me disent à la fois, c'est le Prince sans doute,
C'est luy mesme Alcimene, & pour mieux t'en-
 gager,
Il a pris & le nom & l'habit d'vn Berger.
Quand le cœur parle, helas! faut-il que l'on le
 croye?
Mais voicy ce Berger qu'vn heureux sort m'en-
 uoye,
Qu'il est aymable, ô Dieux.

Scene seconde.

ALCIMENE, ALCANDRE.

ALCANDRE.

   Vous n'aymez point le bruit,
Et vous fuyés peut-estre vn Berger qui vous suit,
Ie me retire.

ALCIMENE.

  Non, ie ne suis point farouche,
Vous en croirés l'aveu que vous en fait ma
 bouche.
Le silence à pour moy quelque chose de doux,
Mais ie n'éuite pas vn Berger tel que vous:
Alors qu'on me connoît par vn peu de pratique
On iuge que ie suis vn peu melancholique,
Mais à propos, Berger, auès vous bien chassé?
A courir diuers daims vous estes vous lassé?

ALCANDRE.

Tandis que ie courois iusqu'à perte d'haleine
Ie cherchois moins les daims que la belle Alci-
    mene,
Ie croyois à tous coups voir briller ses apas,
Mais las ! ie ne voyois que ce qui n'estoit pas.

ALCIMENE.

Si ie vous ay rauy le plaisir de la chasse,
Il est iuste, Berger, que ie vous satisface ;
Vous vous contenterés du déplaisir que i'ay
Quà la chasse des daims vous n'ayés point songé.

ALCANDRE.

Ah ! qu'il m'est bien plus doux de songer à vos
    charmes
Que de voir mille daims expirer soûs mes armes ;
Ouy, diuine Alcimene, & puis qu'en ces beaux
    lieux,
Ie ne suis éclairé que du feu de vos yeux.
Soûfrez que ie vous montre vn respect tout de
    flame,
Vn violent amour qui regne sur mon ame ;
Et puisque ie ne puis vous en taire l'aveu,
Voyez sans murmurer éclater ce beau feu.
Ie vous ayme, & ie sens vne douceur extréme,
A cét heureux moment que ie dis, ie vous aime.
Avoüez ma deffaite, & mon sort est trop doux,
Si vous dites icy que ie n'aime que vous.
Ne faites point languir par vne longue attente
Vn Berger tout à vous, & dont l'ame est brûlante,
Vn Berger....

ALCIMENE.

Vous m'aimez ?

ALCANDRE.

Helas ! en doutez vous ?
Pourroit-on échaper au moindre de vos coups ?

ALCIMENE.

Ie croirois aiſément vn ſi nouueau langage,
Si i'auois de vos feux quelque ſeur témoignage,
M'en donneriez vous vn que ie veux demander ?

ALCANDRE.

Ah ! parlez ie ſuis preſt de vous tout accorder,
Demandez moy, Bergere , & mon ſang & ma vie,
Diſpoſez de mon ſort au gré de voſtre enuie,
Enfin ordonnez moy de courir au trépas,
Ie mourray pour vous plaire & ne me plaindray
        pas.
Trop heureux ſi mon ſang peut attendrir voſtre
        ame,
Et ſi vous partagez mon amoureuſe flame,
Parlez , belle Alcimene.

ALCIMENE.

Ah ! vous allez trop loin,
D'vn Berger tel que vous ie prendray plus de ſoin,
Ce n'eſt pas voſtre mort enfin que ie demande ,
Et la marque d'amour ne ſera pas ſi grande.
Ie ne veux rien de vous, qu'vn mot.

ALCANDRE.

rien que cela ?

ALCIMENE.

Vous n'eſtes pas ie croy , pour en demeurer là ?
On fait courir le bruit par tout dedans cette Iſle,
Que vous eſtes . . . .

ALCANDRE.

He ! quoy ?

ALCIMENE.

Le Prince de Sicile.

Eſt-il vray ?

ALCANDRE.   *à part.*

Que diray-ie ?   ah ! ne le croyez point

ALCIMENE.

Ah ! i'attendois vn oüy.

ALCANDRE.

Mais non pas ſur ce point

Voulez vous que pouſſé d'vne inſolente audace,

Ie me diſe ſorty d'vne éclatante race ?

Que j'uſurpe à vos yeux le nom de fils de Roy ?

Le Prince de Sicile eſt vn autre que moy,

Et les Dieux ....

ALCIMENE.

C'eſt en vain ....

ALCANDRE.

Quoy ? diuine Alcimen

Vous vous obſtinerez à vouloir que ie prenne,

Ce que m'ont refuſé la nature & les Dieux ?

Ah ! ie fûs toûjours tel que ie fuis à vos yeux.

Alcandre eſt vn Berger.

ALCIMENE.

ſi ie le puis comprendre

Le Prince eſt vn Berger, & le Prince eſt Alcandre

Et celle qui pour vn voudroit former des vœux,

Seroit fort en danger de les aimer tous deux,

Soûs deux noms differens vn même homme ſe cà

che ;

Et c'eſt de vous enfin qu'il faut que ie le ſçache,

Ie ne m'abuſe point, & mes yeux vous ont v…

En vn certain endroit ....

ALCANDRE.

Ce lieu m'est inconnû.

ALCIMENE.

Ah ! vous le connoissez autant que la Bergere
Dont vous fûtes soudain le captif volontaire.

ALCANDRE. *a part.*

Ma feinte est découuerte.

ALCIMENE.

Auez vous resolu,

De démentir mes yeux ?

ALCANDRE.

Mais, ou m'auroient-ils vû ?

Car enfin...

ALCIMENE.

Vainement vous voulez vous défendre,

ALCANDRE.

Mais...

ALCIMENE,

Ne déguisez point.

ALCANDRE.

Ie ne suis rien qu'Alcandre.

ALCIMENE

Auoüez sans delay tout ce que ie vous dis,
Ie croiray voftre amour seulement à ce prix.

ALCANDRE. *à part.*

Ie sens au fond de l'ame vn mouuement si tendre,
Que .... croyez mon aueu ie ne suis rien qu'=
Alcandre.

ALCIMENE.

He ! bien Alcandre, he bien, ie ne vous presse plus,
Mais n'attendez aussi rien de moy qu'vn refus,
Adieu.

ALGANDRE.

Vous me fuyez ? ie ... :

ALCIMENE.

Quoy ? que dois-ie aprendre

ALCANDRE.

Que ... ?

ALCIMENE:

Parlez.

ALCANDRE.

Ie ...

ALCIMENE.

Quoy donc ?

ALCANDRE.

Ie ne suis point Alcandre

ALCIMENE.

Mais, Seigneur ....

ALCANDRE.

Vous m'oſtez ce beau nom de Berger
Encor que Fils de Roy ie ne veux point changer
Le Prince de Sicile a receu voſtre chaine,
Et puis qu'il doit mourir l'eſclaue d'Alcimene,
Donnez, belle Bergere, a cet eſclaue vn nom
Qui ſoit plus conuenu à ſa condition.

ALCIMENE.

Mais Alcandre ie vois voſtre amour inutile,
Si vous deuez vn iour regner dans la Sicile,
Qu'eſperez vous de moy qui ne ſuis que d'vn ſang
Mille fois au deſſous de voſtre illuſtre rang,
Car ne preſumez pas que ie bleſſe ma gloire,
En cedant à l'eclat ....

ALCANDRE.

Ah ! bien loin de le croire
Vous

Vous me verrez toûjours aſſeruy ſoûs vos loix,
Et vous commanderez au ſang de diuers Roys.
Vous me verrez toûjours mépriſer la Courônne,
De quelque riche éclat dont le Ciel l'enuironne,
Pour ioüir en ces lieux de l'éclatant bon- heur
De me voir quelque iour maître de vôtre cœur.
Tout ceque i'abandonne en faueur de vos charmes,
Qui forceroient vn Tygre à leur rendre les armes,
N'eſt que d'vn prix leger, & n'égalera pas
La richeſſe qui brille en vos diuins apas.
Que ſi le ſort m'eſleue au Thrône de mon Pere,
Vous laiſſerés icy voſtre rang de Bergere,
Ouy diuine Alcimene, on vit plus d'vne fois
Des Bergeres s'aſſeoir ſur le Thrône des Roys;
La beauté regne en vous, vous regnez dans les
          ames,
Sur vn Thrône éclatant de mille ardentes flames,
Et puiſque tous les cœurs ſont ſoûmis à vos loix
L'on vous doit voir reguer ſur le Thrône des Roys.

ALCIMENE.

Helas ! voudriez vous tromper mon innocence,
En me flattant d'vn bien trop haut pour ma naiſ-
          ſance ?
Et m'abuſeriés-vous . . . . .

ALCANDRE.

                          Vous abuſer ? helas,
Que dites-vous Bergere ?

ALCIMENE.

                          He ! que ne croy ie pas ?
En effet mon penchant eſt ſi grand à vous croire,
Qu'autant que ie le puis i'oſte de ma memoire
Ce qui peut m'empêcher de ne vous croire pas.

D

Vous m'aymés, ie le croy. Que vous faut-il ?

ALCANDRE.

Helas!

Si vous croyés icy que ie brûle & que i'ayme,
Puis ie croire à mon tour que vous aymés de
mesme ?
Puis ie bien me flatter d'vn si glorieux sort ?
Montrés moy dans vos yeux que le cœur est
d'accord,
Alcimene parlés, cessés de vous deffendre,
Acheués le bon-heur de l'Amoureux Alcandre.

ALCIMENE.

Ah !

ALCANDRE.

Ce soûpir est-il vn témoin asseuré ?

ALCIMENE.

Ah ! le traître qu'il est, il à tout declaré !

ALCANDRE.

Dans l'ardeur du beau feu qui m'agite & me presse
I'embrasse vos genoux....

Scene troisiéme.

ALCIMENE, ALCANDRE, TAMIRE.

TAMIRE. *à part.*

Ah ! Bergere traîtresse!

ALCANDRE.

Ah ! que ie soûtiens peu l'excés de mon plaisir.
I'exprime ma langueur par ce tendre soûpir.

TAMIRE. *à part.*

Elle le laisse encor à ses pieds ! la volage!
Ses yeux disent beaucoup, mais son cœur d'a-
uantage.

ALCIMENE.

Alcandre leués vous.

TAMIRE *se cachant derriere vn arbre.*

Ecoutons les icy.

ALCANDRE.

Si ie brûle pour vous vous m'aymerés aussi !
O ! precieux soûpir qui m'aprens que l'on
m'ayme
Que tu donnes de gloire à mon amour extrême !

ALCIMENE.

Si ie n'ay pû vous taire vn semblable secret,
Vous voulés bien Alcandre estre vn amant discret?
Tamire...

ALCANDRE.

Croyez vous, mon aymable Bergere ,
Que ie ne sçache pas alorsqu'il se faut taire?
Nous n'aurons pour témoins de tous nos senti-
mens,
Que ces lieux ou l'on fit tant d'Amoureux ser-
ments,
Ces bois , & ces rochers , ces vallons, & ces
plaines ,
Seront les confidents de nos charmantes peines.

ALCIMENE.

Tamire vient à nous.

ALCANDRE.

Ie vous laisse auec luy,
Ma presence pourroit luy donner de l'ennuy.

D ij

à Tamire.

Les amants comme vous cherchent la solitude,
Ie me retire, Adieu.

⸙⸙⸙⸙⸙⸙⸙⸙⸙⸙⸙⸙⸙⸙

Scene quatriéme.

ALCIMENE, TAMIRE.

TAMIRE.

Mortelle inquietude !
Bergere excusez moy si ie suis indiscret,
Et si ie romps le cours d'vn entretien secret.

ALCIMENE.

On y parloit de vous vous auriez pû l'entendre.

TAMIRE.

Ie dois au souuenir d'Alcimene & d'Alcandre.

ALCIMENE.

Qu'aués-vous ? vous voila s'il me semble interdit
Tamyre ?

TAMIRE.

Ouy, ie le suis puisque vous l'auez dit
Mais aussi ie m'étonne encor plus d'vne chose,
C'est que d'vn trouble égal vous demandiez la
cause.
Ah ! traîtresse Bergere ! ame double & sans foy,
I'ay découuert l'Amant qui t'éloigne de moy.
Tu rougis infidelle ? & ton ame est confuse ?
Dis que ie suis aueugle, & qu'icy ie m'abuse.
Quoy ? mille & mille nœuds que l'amour auoit
faits,

Mille nœuds qui deuoient ne se rompre iamais,
Tant de brûlants soûpirs que s'enuoyoient nos
    ames,
Tant d'amoureux serments, tant de traits, tant de
    flames
Qu'à l'enuy dans le cœur nous nous lançions tous
    deux,
N'ont pû me garentir d'vn destin mal-heureux?
Enfin tout ce qu'Amour a de doux & de tendre,
Ne parle plus pour moy des-que tu vis Alcandre?
Alcandre, ce Berger qui ne merite rien,
T'arrache à mon amour pour t'enchaîner au sien?
Quel crime ay ie commis infidelle Bergere,
Qui te force à choisir vne chaine étrangere?
Instruis moy de mon crime & ie vais te vanger,
Si ie suis innocent voudrois-tu m'outrager?
Voudrois-tu me punir de t'auoir tant aymée?
Helas! de mon amour n'estois tu pas charmée?
Te souvient-il du iour que dans le fonds du bois,
Ingrate, tu me dis d'vne mourante voix,
Tamire, mon Tamire, Ah! qu'vne ame rebelle
A tout ce que l'amour pourroit exiger d'elle,
Combatroit foiblement ton innocent desir!
Lâ, ie t'oüis pousser vn si tendre soûpir,
Que mon cœur languissant d'vne douceur extrême
Pût douter s'il estoit vn autre que luy mesme.
Te souvient-il encor qu'aux festes du hameau
Ta main de mille fleurs couronnà mon chapeau,
Me disant qu'il estoit & iuste & legitime
De couronner de fleurs son aymable victime?
Te souvient-il encor du iour que du costâu
Tu criois que le Loup emportoit ton Agneau?
            D iij

Et qu'à cét animal ie dérobay la proye ?
Que me lançant enfin des regards pleins de joye
Tu me dis, mais d'vn ton si charmant & si doux
Tu sçais vaincre les cœurs comme tu vaincs les
    Loups.
Mais lors que tu les vaincs, Tamire, quoy qu'ils
    facent,
Iamais de tes liens ils ne se débarrassent.
Que te diray-ie plus ingrate dans l'ennuy
Ou tu peux sans rougir me plonger aujourd'huy ?
Pouvez-vous bien douter mon aymable Bergere,
Que ie ne sache pas alors qu'il se faut taire ?
Nous n'aurons pour témoins de tous nos senti-
    ments
Que ces lieux ou l'on fit tant d'amoureux serments
Voila les beaux discours de l'amoureux Alcandre,
Ie sçay tout infidelle & i'ay pû tout entendre.
Que diras-tu ? tu fuis ? ah ne me quitte pas.
Ou deuant que de fuir acheue mon trépas.
Prens ce fer & le plonge . . . . helas ! cette inhu-
    maine
D'vn pas precipité court desia dans la plaine.

Scene cinquiéme.

TAMIRE.   *seul.*

Amour, cruel amour, tes biens sont vn éclair,
Qu'on n'a pas si tôt veu qu'il disparoît en l'air.
Est ce donc la le prix d'vne amitié si tendre ?
Pourquoy me le donner, & vouloir le reprendre ?

Mais las ! tu le reprens sans vouloir m'écoûter
Apres que mille soins me l'ont fait meriter.
Que ne la rendois-tu, cette ieune Bergere,
Moins sensible à mes maux, à mes vœux plus
     seuere ?
Au moins le cruel coup dont elle m'a percé
Ne m'auroit point helas ! si rudement blessé.
Mais, que tarday ie encor que de ma destinée
La course ne soit point par ce fer terminée ?
Suruiurons nous mon cœur à ce prompt change-
     ment ?
Non non, il faut descendre au fonds du monument.
Vengeons nous, vengeons nous de l'auoir tant ai-
     mée,
Cette ingratte, qui fût de ton feu consumeé,
Bois, Costaux, Prés, Vallons, Rochers, Ruis-
     seaux, Zephirs,
Qui fûtes les témoins de mes tendres desirs,
A qui ie découuris ma profonde blessure
Qui me vîtes brulant d'vne flame si pure
Maintenant que l'Amour change mon heureux
     sort,
Deuenés, deuenés les témoins de ma mort.
Toy, Nimphe qui te plains des rigueurs de Nar-
     cisse,
Aprens, aprens aussi mon sanglant sacrifice,
Et lorsque ma Bergere ira dans ton sejour,
Dis que Tamyre est mort, mais qu'il est mort
     d'Amour,
Qu'il auroit plus long-temps voulu viure pour
     elle
S'il n'auoit point apris qu'elle estoit infidelle.

Enfin que de son mal il n'a pas pû guerir
Et que l'ayant fait viure elle l'a fait mourir.
Toy fer qui si long-temps me seruis de deffence,
Qui de mille animaux vainquis la violence,
Instrument si fatal à la fureur des loups,
Sers, sers contre-moy mesme auiourd'huy mon
    courroux.
Perce ce triste cœur accablé de sa peine,
Acheue, acheue icy l'ouvrage d'Alcimene,
Rougis toy de son sang, il est desia blessé,
Acheue son trépas elle l'a commencé.

Scene sixiéme.

TAMIRE, CLORINDE.

CLORINDE. *l'arrestant.*

Que faites vous Tamire?

TAMIRE.

        Ah! laissez moy Bergere
Etouffer dans mon sang ma vie & ma misere,
Non, ie ne veux plus viure apres son changement,
Laissez....

CLORINDE.

    Hola! Bergers accourez promptement,
Tamire....

TAMIRE.

Helas! pourquoy voulez-vous me contraindre
De prolonger des iours qui vont bien-tôt s'éteindre?

Voulez-vous qu'Alcimene au pouuoir d'vn Riual
N'accable point mon cœur d'vn tourment fans
    égal ?
Que d'vn œil afluré, fans tomber dans la rage
Ie regarde fon crime & fon humeur volage.
Non, Clorinde, mon cœur & ma raifon d'accord
Me preffent de courir dans les bras de la mort.
Ie vais au precipice ou mon amour m'entraîne.

CLORINDE.

Quoy ? fi le changement vous dérobe Alcimene
Voulez-vous vous liurer aux rigueurs du trépas ?
Ah ! Tamire les Dieux ne le permettent pas.
Les Dieux feuls ont le droit de nous vanger des
    crimes,
Et felon nos erreurs ils nous font leurs victimes.
La conduite du monde & le fort des humains,
Comme vous le fçauez font toûjours en leurs
    mains.
Nous ne deuons jamais abandonner la vie,
S'ils ne permettent pas qu'elle nous foit rauie,
Et vous n'ignorez point qu'ils abhorrent le fang.
Que nous faifons couler de noftre propre flanc :
Vn defefpoir d'Amour quoy qu'il foit legitime
N'eft pas vne raifon qui colore ce crime,
Il eft permis d'aymer en ce mortel fejour,
Mais la vie eft enfin noftre premier amour.
Voyez le precipice ou voftre amour vous mene,
Vous courés à la mort en perdant Alcimene,
Et vous ne fçauez pas que par vn cruel fort
Malgré tout voftre Amour vous perdrez voftre
    mort.
Loin qu'a voftre memoire elle rende iuftice

L'ingratte se rira de voftre facrifice :
Vengez vous autrement & pour la mieux punir
Perdez de fes apas le trifte fouvenir.
Faites luy voir en vous du mépris pour fes charmes,
Gardez mefme à fes yeux de répandre des larmes,
Et pour en triompher oftez luy vôtre cœur,
Et le liurez aux loix d'vn fidele vainqueur.
Des beautés de cette Ifle afpirent à la gloire
De remporter fur vous vne douce victoire.

TAMIRE.

Ah ! que me dites vous ? vous n'auez point aimé ?
Sçauez-vous ce que c'eft qu'vn cœur bien enflammé ?

CLORINDE.

Cependant Alcimene . . . .

TAMIRE.

                        Ah ! le cœur d'Alcimene
Reffentit foiblement mon amoureufe péine :
Mais le mien qui brûla d'vn veritable amour
Malgré fon changement doit mourir en ce iour.
Ah ! Clorinde ceffez de combattre ma flame,
Ie veux auec mon fang faire écouler mon ame ;
Ouy ie veux que mon fang dans ce funefte iour
Sur l'herbe & fur les fleurs écriue mon amour.
Peut-eftre qu'en voyant ce fanglant caractere,
Elle aura des remords de fon humeur legere,
Qu'elle plaindra ma mort, & me rendra fon cœur.
Allez, laiffez Tamire en proye a fa fureur.

CLORINDE.

Quoy que vous m'obligiez de garder le filence,
Ie ne vous quitte pas, mais Licoris s'auance,
Ie m'en vais & fans doute elle aura le pouvoir

De calmer les transports de vostre desespoir.

à part.

Pourquoy ne vois tu pas ma secrette tendresse ?

❊❊❊❊ ❊❊❊❊ ❊❊ ❊❊❊❊

Scene septiéme.

TAMIRE, LICORIS.

LICORIS.

Ie cherchois Alcimene.

TAMIRE.

Helas ! cette traitresse.

LICORIS.

Comment ?

TAMIRE.

Vous ignorez tout ce qui s'est passé ?

LICORIS.

Dites le moy Tamire.

apres auoir chassé.

Parmy les diuers tours d'vne route incertaine,
I'ay couru vers la mer, i'ay couru dans la plaine
Croyant y rencontrer l'ingratte qui me fuit:
Mais ne l'y trouuant pas mon amour m'a conduit
Derriere cet ormeau que vous voyez s'étendre
Au moment qu'Alcimene écoutoit son Al-
candre,
Qu'elle flattoit ses maux & ses tendres desirs,
Tantôt par des yeux doux tantôt par des soûpirs.

LICORIS. *a part.*

Alcimene aime Alcandre !

TAMIRE.

emporté de ma rage,
I'ay paru, i'ay parlé, Mais helas ! la volage,
Loin de se repentir ne m'a point répondu.
Elle s'est dérobée.

LICORIS.

Auez-vous entendu,
Tout ce qu'elle disoit d'amoureux & de tendre ?

TAMIRE.

Ah ! que n'estois ie loin pour ne la pas entendre,
On ne se plaint iamais d'vn mal qu'on ne sçait pas.

LICORIS.

Ie veux la ramener à vostre amour.

TAMIRE.

Helas !

LICORIS.

Ces changemens d'amour n'ont qu'vne foible
　　　amorce,
La raison les détruit pour peu qu'elle ayt de force
Et le doux souvenir d'auoir long-temps aimé,
Esteint le noũeau feu dans le cœur allumé.
Pensez-vous qu'Alcimene en la prisõ d'Alcandre
Lorsque vous parlerez ne puisse vous entendre ?
Non non, quoy qu'elle soit en de noũeaux liens
On reuient aisément à ses fers anciens.
On s'en est dé-ja fait vne douce habitude.
Vne seconde chaine à mon sens est fort rude.
Que n'endure-t'on pas quand on vient à songer
A ce premier vainqueur qui sçut nous engager,
Et qui fit naître en nous vne flame si pure ?
On reconnoît tousiours sa premiere blessure,
Et l'on peut à la marque aisément découurir

Ques

Que la blessûre doit quelque iour se r'ouvrir.
Allés donc à ses yeux étaler vostre peine,
Combattez de nouueau, vous vaincrés Alcimene.
Montrez-vous accablé soûs le poids des douleurs,
Redoublez à ses pieds vos soûpirs & vos pleurs,
Auecque le secours de ces puissantes armes
Vous luy serez encor vn obiet plein de charmes,
Il n'est point de rocher que vous n'amolissiez.

TAMIRE.

He! bien, he! bien ie vais me ietter a ses pieds.
Luy dire de mon cœur la douleur legitime,
Mais si toujours elle est obstinée en son crime,
Il faut que de mon cœur ie suiue le transport,
Et qu'enfin ie descende au seiour de la mort.

LICORIS.

I'apûiray vôtre amour, & ie pense qu'Alcandre,
Contre tous nos efforts ne pourra la défendre;
On perd fort aisement, pour le moins en amour,
Le bien que l'on ne tient seulement que d'vn iour.

ACTE TROISIEME.

Scene Premiere.

ALCIMENE, LICORIS.

ALCIMENE.

Ah! ne condamne plus ma nouuelle tendresse,
Mon cœur est foible; helas! laisse agir sa foiblesse,
Ie ne me deffens pas contre Tamire & toy,

E

Mais Alcandre est plus fort que vous deux & que
    moy :
Ie l'aime, & des l'instant de sa fatale veüe,
Ie bois malgré moy-mesme vn poison qui me tüe,
En effet, Licoris, si tu lé comprens bien,
Vn cœur se deffend il alors qu'il ne peut rien ?
Ie ne puis rien qu'aimer, & si i'aime sans peine,
Aprens que c'est toûjours le destin qui m'entraine,
Qui m'arrache a moy-mesme, & m'enchaine à l'a-
    mour ;
L'amour & ma raison combattent tour à tour,
Mais helas ! ce combat m'est toûjours inutile
Ie trouue incessament ma raison si debile,
Qu'elle cede aussitost qu'elle veut repousser
Le premier trait d'amour dont ie me sens percer.
Car, enfin des grands Dieux la puissance eternelle
M'a voulu refuser vne ame vn peu rebelle,
Elle me la fait tendre, & si ie change, helas !
Accuse le destin, mais ne me blâme pas,
Ie voudrois n'aimer point vn Berger tout aimable
Mais vn desir sans force est-il bien redoutable?
Alcandre peut il voir rétablir son riual ?
Alcandre a de la force, & ie me deffens mal.
Tu l'aimes, Licoris, ie te dois vn office,
Mais l'Amour me deffend d'en faire vn sacrifice,
Malgré tous mes efforts ie ne te puis ceder,
Ce qu'un puissant destin m'oblige de garder.
         LICORIS.
I'aime Alcandre, il est vray, ie ne m'en puis
    dédire,
Tu le connois assés alors que ie soûpire :
Ainsi, cruelle, ainsi tu nous voles tous deux,

A Tamire, ton cœur, vn Berger à mes feux.
Mais ie me plains a tort & ma faute est extrême,
Tu nous voles tous deux, helas! malgré toy même.
Ah! qu'elle crüauté de l'Amour & du sort,
A tous deux auiourd'huy tu nous donnes la mort,
Et nous ne pouuons pas dans l'ardeur qui nous
        presse,
Nous plaindre iustemét de la main qui nous blesse.
Que n'auois tu dans l'ame vn peu plus de vigueur?
Ou que n'auois ie moins de foiblesse en mon cœur?
Alcandre ma surprise, Alcandre ma vaincüe,
Et c'est aussi par toy que ce Berger me tüe,
Souffre que ie te donne vn peu de crüauté,
Mais Alcandre t'adore & tu me l'as osté.

ALCIMENE.

Tu pourrois reparer l'inéuitable perte,
D'un Berger tel que luy que ton cœur à soufferte,
Si tu voulois ietter les yeux sur son amy.

LICORIS.

Ton Alcandre en mon cœur est trop bien affermi;
Quelque effort . . .

ALCIMENE.

        I'aperçois Cephale qui s'auance,
Ie te laisse avec luy.

LICORIS.

        Ie veux füir sa presence.

ALCIMENE.

Il te soupçonneroit.

LICORIS.

        Helas!

ALCANDRE.

        Demeure, Adieu.
        E ij

Scene seconde.

LICORIS, CEPHALE.

CEPHALE.

Le destin m'est propice, & ie trouue en ce lieu
L'adorable suiet de ma peine amoureuse,

LICORIS. *à part.*

O Dieux ! que sa presence icy m'est ennuieuse?

CEPHALE.

Souffrés, ma Licoris, qu'en cét heureux moment
I'étale à vos beaux yeux mon amoureux tour-
      ment,
Ma fidelle constance....

LICORIS.

                    Ouy, ie le sçay, Cephale
Que grace a vostre amour ie n'ay point de riuale.

CEPHALE.

Il ne tenoit qu'a moy, charmante Licoris,
Mais pour d'autres que vous ie n'ay que du mépris
Aussi ne voulant pas me souiller d'vn tel crime,
Ie l'ay fait éclater ce mépris legitime.
I'estois dedans la plaine & ie vous y cherchois,
Quand la ieune Philis m'appellant de la voix,
Cephale ou courez-vous ? que cherchez-vous dit-
      elle,
Peut-estre i'en pourray sçauoir quelque nouvelle
Licoris, ay ie dit, a ce nom aussi-tôt,
La belle me regarde, & sans me dire mot:
Puis elle radoucit les traits de son visage:

Elle met dans ſes yeux tout l'amoureux langage,
Et feignant d'adiuſter quelque choſe à ſon ſein,
Elle me le fait voir, & le cache ſoudain.
Mais, pour m'empoiſonner par cette belle veuë
De deux ſoûpirs preſſez ſa gorge s'eſt émeuë,
Et cette émotion qui s'eſt faite à mes yeux
M'a dit que de ſon cœur i'eſtois victorieux.
Licoris ! repart-elle en rompant ſon ſilence,
Vn Amant comme vous à bien de la conſtance.
Elle vous tient au cœur d'vne étrange façon ;
Toûjours dans voſtre bouche on n'entend que ſon
    nom.
Ie crois que les échos dans leur ſombre demeure
Sont las de repeter ce grand nom à toute heure.
Que voulez vous, Bergere, ay-ie dit ? vn amant
Trouue de la douceur & du contentement
A repeter le nom de l'objet qui l'engage.
Ie penſe qu'on en voit faire autant a Seluage.
Ouy, ie croy qu'en tous lieux il vous nomme toû-
    jours,
Car l'on voit apres vous, les ris & les amours.
Mais repart elle, on ſent vne douceur extrême
A repeter ſouuent le nom de ce qu'on aime,
Quand on en eſt aimé.... quoy penſez - vous
    Philis,
Dis ie en l'interrompant, qu'aujourd'huy Licoris
Regarde mon amour ſans en eſtre touchée ?
Ie croy ſoûs ſon amour l'inconſtance cachée,
Reprend elle, & ſon cœur de l'air dont il eſt fait,
Quand il dit qu'il vous aime, il vous hait en effet.
Ah ! ne l'offencez point par vn ſi noir outrage,
Ay-ie dit en prenant vn ſerieux viſage.
             E iij

Licoris dans son cœur à beaucoup d'équité,
Et ie me dois loüer de sa sincerité.
Enfin dans ses discours i'ay trouvé que son ame
Sentoit en ma faueur vne amoureuse flame,
Et que de vostre empire elle vouloit m'oster,
Pour me liurer vn cœur que i'ay sçû reietter.

LICORIS.

Ouy, ie ne doute pas de vostre amour extrême...

CEPHALE.

Ie vous aimay toûjours cent fois plus que moy-
        mesme.
Car enfin bien plûtot le bel astre des Cieux
Cessera pour iamais déclairer ces bas lieux,
La Mer sera sans eaux, la nuit sera sans voiles,
Et le Ciel n'aura point de brillantes étoiles,
Plûtot ces creux vallons vn iour s'éleueront,
Et ces monts bien plûtôt vn iour s'àbaisseront
Que ie rompe vos fers où mon ame enchainée,
Benît à tous momens sa douce destinée.
Mais, ie vous vois chagrine, & vos yeux languis-
        sans . . . .

LICORIS.   *à part,*

Helas ! mon cœur, quel est le trouble que tu sens

CEPHALE.

Vous vous plaignez ? helas ! & vôtre cœur soûpire

LICORIS.

Vn grand mal me surprend, Adieu ie me retire.

CEPHALE.

Ie ne vous quitte point en cét estat fâcheux.

Scene troisiéme.

LICORIS, CEPHALE, TAMIRE

TAMIRE.
Arrestez, affaſſins? ah! vous fuyez tous deux?

LICORIS.
O! Dieux que dit Tamire?

TAMIRE.
Ah! cruelle Alcimene?

CEPHALE.
Ses yeux ſont égarés, ſa démarche incertaine,
Quel étrange accident luy ſeroit arriué?

TAMIRE.
Ah! le cours de ma vie eſt par vous acheué,
Iniurieux Alcandre, infidelle Alcimene.
Dieux faites auec moy perir cette inhumaine.
Des traits de vôtre foudre écraſez ce riual,
Et ſoyez luy cruel puis qu'il m'eſt ſi fatal.
Terre pour me venger maintenant de leurs crimes
Engloûtis les tous deux en des profonds abyſmes,
Noir empire des morts reçois les dans ton ſein.
Pourveû qu'ils ſoient liurés à des tourmés ſans fin.
Oüy cruelle, oüy cruel, voſtre perte eſt certaine,
Tamire en ſa ruïne aujourd'huy vous entraine.
Rien ne peut vous ſauuer d'vn rigoureux trépas.
Tremblés, tremblés tous deux la mort eſt ſur vos
pas.

CEPHALE.
Il a perdu le ſens Tamire.

LICORIS.

Helas, Cephale,
Que l'humeur d'Alcimene à Tamire est fatale,

TAMIRE.

Detestable Berger, pourquoy m'enleues-tu
Vn bien si precieux, vn bien qui m'estoit dû ?
Vn bien qu'auoit gagné mon amoureuse flame.
Tu le souffres ingrate, & sans craindre le blâme?
Sans rougir, sans remords, est-ce donc là le prix...

LICORIS.

He ! ne voyez vous pas que ie suis Licoris ?

CEPHALE.

Quoy ? l'on vous a ravy le prix de vostre flâme?

TAMIRE.

Tay toy, ne parle pas, assassin, monstre, infame,
N'es-tu pas cét Alcandre, & ce traitre Berger
Dont l'amour infernal est venu m'outrager ?
Quoy ? ie t'ay donc trouué prés de cette infidelle?
Quoy ? tu l'entretenois de ta flame nouuelle ?
Quoy ? donc elle t'a dit que de son lâche cœur
Elle t'auoit rendu le maître & le vainqueur ?
Parle, parle, cruel, & toy répons ingrate ?
Ah ! vous ne dites mot quand mon couroux éclate

LICORIS.

Iuste Ciel ! Alcimene auec sa trahison
Rauit à ce Berger le sens & la raison.

CEPHALE.

Alcimene auroit pû se resoûdre à ce change ?
Elle aimeroit Alcandre ? ô trahison étrange ?

TAMIRE.

Que dites vous tous deux ? répondés scelerats.

Parlez, parlez, mais non ne me répondés pas.
Ie veux auparauant que i'entende rien dire
Vous enuoyer tous deux dans l'infernal empire,
Ouy, ie vais fans delay vous percer de ce fer
Puis vous irez répondre aux Iuges de l'enfer.
Tu recules poltron ? & tu fuis Alcimene,
Ie vous fuis dans les Bois, fur les Monts, dans la
    Plaine.
Mais ou font-ils cachez ? auroient-ils difparu !
Arbre, Buiffon, Rocher, pourquoy les caches-tu ?

Scene quatriéme.

CLORINDE.   *feuls.*

Il me fuit cet ingrat, d'vne courfe legere
Ie le vois trauerfer le Buiffon, la Fougere,
Ah : tu crois t'éloigner adorable vainqueur,
Tu crois me fuir, cruel ? n'eft-tu pas dans mon
    cœur ?
Ie t'y retiens toufiours helas! malgré toy-mefme.
Reuiens, reuiens, Tamire, on t'adore l'on t'aime,
Ie le dis à toute heure aux échos d'alentour,
Mais ie veux à toy-mefme aprendre mon amour.
N'ay-ie pas des attraits auffi bien qu'Alcimene ?
Hier au foir me mirant dedans vne fontaine
Ie vis fur mon vifage vn amas de beautés,
Capable de tenir mille cœurs enchantez,
Ne croy pas cependant que ie face la vaine.
Mille Bergers en font vne preuue certaine.
Erafte, Dorilas, Syluandre, Alcimedon,

Philandre, Hilas, Tyrſis, Birene, Philemon,
Et tant d'autres encor dans la fleur de leur âge
Viennent m'offrir leurs vœux, & rendre leur
      hommage.
Pour toy ie les meſpriſe, & cependant helas !
Tu m'éuites cruel, & tu ne m'aimes pas,
Alcimene te change, he ! bien charmant Tamire,
N'as tu pàs lieu d'entrer ſoûs vn nouuel empire
Et d'aſſeruir ton cœur à de nouuelles loix ?
Aime moy, ie t'adore, helas ! mais ie le vois.

Scene cinquiéme.

CLORINDE. TAMIRE,

TAMIRE.

Les Dieux ſont reſolus de châtier ton crime.
Mais n'en murmure pas ta mort eſt legitime.
Ils t'on fait reuenir en ce funeſte lieu
Pour dire a la lumire vn eternel adieu.
Ils veulent que ma main que pouſſe leur iuſtice
A mon fidelle amour t'immole en ſacrifice,
Ah ! cruelle Alcimene, ah ! funeſte Berger !
Vous me faites mourir, mais ie vais me venger.
    CLORINDE.   *tombant éuanouye ſur*
              (*vn ſiege de gazon.*
Ah !

TAMIRE.

Son ame à quité ſa dépoüille mortelle
Elle n'eſt plus enfin cette amante infidelle.

Allons ſacrifier ſon deteſtable amant,
Et qu'vne meſme main les iette au monument.
Rien ne peut le ſauuer de ma iuſte pourſuitte.
Alcandre tu mourras.

Scene ſixiéme.

ALCANDRE, ALCIMENE, TIMANTE,
CLORINDE.

ALCIMENE.

Tamire prend la fuitte.
ALCANDRE.
De quel puiſſant démon ſeroit-il donc pouſſé
Cet amoureux Berger?
ALCIMENE.
Qu'il court d'vn pas preſſé.
ALCANDRE.
Il me ſemble qu'il vôle & que le vent l'emporte.
ALCIMENE.
O Ciel! que voy ie, Alcandre? helas! Clorinde
eſt morte?
ALCANDRE.
Peut-eſtre que Tamire a trenché ſes beaux iours?
ALCIMENE.
Elle reſpire.
ALCANDRE.
Allons luy donner du ſecours.
Elle eſt éuanouye, allez vîte Timante,
A vingt pas loin de nous au pied de la deſcente,

Vous trouuerez de l'eau dans vn large baſſin.
Allez, portez nous en vn peu dans vôtre main.

ALCIMENE.

Elle reuient.

ALCANDRE.

Timante il n'eſt pas neceſſaire

CLORINDE.

Helas !

ALCANDRE.

Quel ſeroit donc icy tout ce myſtere

Clorinde ?

CLORINDE.

Ou ſuis ie ? helas ! ah ! Berger inhumain
Laiſſe moy, dans mon ſang ne trempe pas ta main,

ALCIMENE.

C'eſt Alcandre.

CLORINDE.

Alcimene.

ALCIMENE.

O Dieux ! & que veut dire. . . .

CLORINDE.

Plaignez vous, plaignez moy, plaignez auſ
Tamire.
Infidelle Alcimene, ô trop heureux riual
Auant que de ſçauoir la cauſe de mon mal,
Aprenez que mon cœur fût long-temps ſoûs l'em
pire,
D'vn mal-heureux Berger, du fidelle Tamire
Ie l'aimois Alcimene, & i'ay pris tant de ſoin
Qu'écho de mon amour eſt l'vnique témoin.
I'ay fait dedans mes yeux ſouuent briller ma flâm
Mais contre tous mes traits il deffendoit ſon am

Il eſtoit endurcy comme vn ferme rocher,
Et rien que vôtre amour ne pouuoit le toucher.
Mais ſi ie ne m'abuſe il ignore luy meſme,
Où peut-eſtre il a feint d'ignorer que ie l'aime.
Ie penſois que ſuiuant les loix de la raiſon
Tamire quitteroit vos fers & ſa priſon,
Afin de ſe vanger de vôtre humeur legere,
Qu'il changeroit enfin comme il vous a veû faire,
Et que recompenſant l'amour que i'ay pour luy,
Il pourroit ſe reſoudre à m'aymer auiourd'huy,
Mais bien loin de répondre à mon amour extrême
Il eſt venu n'aguere en fureur, le teint blême,
Les yeux tous égarés, & l'épieu dans la main
Pour ſe vanger de vous en me perçant le ſein.
Car enfin le deſordre ou ſe trouuoit ſon ame
Confondoit auec moy le ſuiet de ſa flâme,
Il me prenoit pour vous, & Clorinde à ſes yeux
Excitoit dans ſon cœur vn trouble furieux.
Donc au meſme moment qu'il s'eſt mis en poſture
De faire dans mon ſein vne large bleſſûre
I'ay pâmé, i'ay perdu la force & la raiſon,
Et me ſuis laiſſé cheoir deſſus ce vert gazon.

ALCANDRE.

O ! d'vn fidelle amour preuue triſte & cruelle !
O ! ſuccés mal-heureux d'vne flâme fidelle !
Ne te ſuffit-il pas de nos cœurs en priſon
Amour, veux-tu nous voir perdre encor la raiſon.
Ouy, diuine Alcimene, il faut que ie le die,
En faueur d'vn riual mon ame eſt attendrie,
Ie le plains ce Berger, ce Tamire conſtant.
Peu d'hommes en ce ſiecle aimeroient tout autant,
Ouy, forcé de vanter ſon ardeur ſans ſeconde

E

Ie ne connois que moy qui l'égale en ce monde.
Nous feuls fçauons aimer en fidelles amans,
Et nous feuls fçauons fuir les moindres change-
     mens.

ALCIMENE.

Auffi vous l'avoüray-ie, alors que i'examine
L'amour de ce Berger que par vous i'affaffine,
Ie rougis d'y trouuer tant de fidelité,
Et d'en trouuer apres fi peu de mon cofté !
Alcandre ie rougis de m'en voir tant aimée,
Et de ne m'en voir pas comme autrefois charmée.
Il eft mefme des temps que forcé d'obeir
Mon cœur voudroit l'aimer mais non pas vous
     hayr.
Il voudroit foûpirer foûs les loix de Tamire,
Mais il voudroit mourir foûs vôtre aimable em-
     pire.
Enfin il voudroit eftre à vous deux, mais helas !
Le veritable amour ne fe partage pas.
Souffrez fans murmurer cet aveu legitime,
Ie le deuois au moins pour adoucir mon crime,
Vous auriés droit Alcandre icy de murmurer,
Si ie l'abandonnois mefme fans foûpirer.

ALCANDRE.

Ah ! ie ne blâme point cette iufte tendreffe,
Dans les maux d'vn riual mon ame s'intereffe ;
Ie voudrois le guerir s'il vous a fçû charmer,
Mais en le gueriffant ie voudrois vous aimer.

CLORINDE.

Ah ! trop heureux Amans, que de rudes allarmes,
Que de triftes foûpirs, & que d'ameres larmes,
Que de cruels tourmens vous couftez à mon cœur,

Vous viuez de plaisir, & ie meurs de douleur.

ALCANDRE.

Que ne puis ie adoucir le mal qui vous possede?

CLORINDE.

Ah! trop heureux Berger mon mal est sans remede,

ALCANDRE.

Mon bon-heur seroit grand si Tamire auec vous
Ne mêloit du chagrin à ce qu'il a de doux,
Vôtre interest m'est cher, & mon ame est si ten-
dre . . . .

CLORINDE.

Puisse toûjours le Ciel fauoriser Alcandre.

ALCANDRE.

Puisse l'amour bien-tôt terminer vos malheurs,
Du bandeau de ses yeux essuyer tous vos pleurs,
Et remettre le calme en vostre ame troublée.

CLORINDE.

Vous me verrés toûsiours de douleur accablée,
Quand de son trouble affreux Tamire sortiroit,
D'vn œil indifferent toûsiours il me verroit :
A son premier amour il à l'ame enchainée,
Et l'on verra plûtôt trencher sa destinée,
Bien plûtôt l'on verra le doux printemps sans
fleurs,
Ou l'Automne sans fruits, ou l'Esté sans chaleurs,
Bien plûtot nos ruisseaux arresteront leur course,
Et remonteront tous vers leur feconde source,
Que Tamire touché de l'estat ou ie suis,
Veüille par son amour adoucir mes ennuis.
D'vn espoir assuré ie flaterois ma peine,
Si le Ciel eût voulu moins aimer Alcimene ;
S'il n'eût pas répandu sur elle les thresors,

Les plus riches qu'on voye éclater fur vn corps,
Le peu d'attraits que i'ay fi i'ofe vous le dire,
Eût enchainé le cœur du fidelle Tamire,
Mais les yeux d'Alcimene ont eû trop de pouuoir,
Pour laifler à mon cœur former ce doux efpoir.
C'eft elle & non pas luy de qui ie dois me plaindre,
Elle feule me perd & feule me fait craindre,
D'autres Bergeres qu'elle auroient le déplaifir,
De voir viure Tamire au gré de mon defir.

ALCIMENE.

L'on eft bien-tôt aimé lorfque l'on eft aimable,
Comme vne autre à fon tour Clorinde eft redou-
    table,
Et par vn fentiment auffi iufte que doux,
Ie ne voy rien fur moy qui ne brille fur vous.
Mais fçachons toutes deux l'eftat fi déplorable,
Ou l'amour à fait cheoir vn amant veritable,
Allons vers le hameau, ie vous laiffe en ce lieu,
Alcandre, & pour vn temps ie vais vous dire Adieu.

ALCANDRE.

Et moy ie vais fonger aux beautez d'Alcimene.

Scene derniere.

ALCANDRE, TIMANTE,

TIMANTE.

Certes de fes beautés vous aués l'ame pleine,
A toute heure, en tout lieu vous vous en repaiffés.

ALCANDRE.

Quels monumens feront à ta gloire dreffez,

Amour ?

TIMANTE.

Vous estes né pour faire des conquestes ;
Si la belle, Seigneur, sçauoit ce que vous estes . . . .
Mais, c'est perdre le temps que de m'en expliquer,
Ce n'est pas vn secret à luy communiquer.
Le mettre entre ses mains c'est vouloir qu'on le
     sçache,
Auec facilité de son sein on arrache,
Vn secret important qu'elle y doit receler,
Elle mourroit plûtôt que de ne pas parler.

ALCANDRE.

A se taire, il est vray son sexe à de la peine,
Mais ie ne craindrois pas d'en instruire Alcimene.
Son silence , ...

TIMANTE.

Eh ! Seigneur, l'on ne trouua iamais ;
Vne femme qui pût tenir sa langue en paix.
Dans sa demangeaison il faut que tout éclatte,
Contre vn secret voit-on iamais qu'elle combatte ?
Si vous luy découurez vôtre rang glorieux . . . .

ALCANDRE.

Non non, ie prendray soin de me conduire mieux,
Repose t'en sur moy :

TIMANTE.

Vous parlerez sans doute ;
A vous dire le vray c'est ce que ie redoute.

ALCANDRE.

Ne crains rien & suy moy. Mais sans plus dire
    mot,

TIMANTE.

Ou courez-vous ?

ALCANDRE.

Rejoindre Alcimene au plûtôt,
Eloigné de ses yeux ie ne voy rien d'aimable,

TIMANTE.

Qu'amour est inquiet ! qu'il est insuportable !

ALCANDRE.

Ne le blâme pas tant tu brûleras encor.

TIMANTE.

Ouy, Seigneur au retour de l'heureux siecle d'or.

ACTE QVATRIEME.

Scene Premiere.

TAMIRE.

Ou donc est Alcimene ? épais & noirs boccages,
Cachés-vous ce Soleil soûs vos sombres feüillages,
Antres retenez-vous dans vos obscuritez
Cet aimable vainqueur de mille libertés ?
Sortés diuin obiet de ma fidelle flame
Et venez secourir Tamire qui se pâme,
Tant la douleur qu'il a d'estre éloigné de vous
Luy fait au fonds du cœur sentir de rudes coups.
Mais vous ne venez point? Echo peux tu me dire,
Oû s'est caché l'autheur de mon rude martyre ?
Cet astre dont l'éclat rend le monde ébloüy ?
Parle, n'en sçais-tu rien? n'en as-tu rien
oüy ?   *oüy.*

Bon. Eſt-il loin de moy? pourrois ie toute à l'heure

L'aller chercher au fonds de ſa ſombre

demeure ?   *demeure.*

Pourquoy ne veux tu pas que ie l'aille chercher?

Qui me deffendra donc Echo, d'en apro-

cher ?   *rocher.*

Il n'eſt point de rocher quelque haut qu'il puiſſe

eſtre

Quelque effroyable enfin qu'il me puiſſe paraître

Qu'animé par l'amour ie ne grimpe auſſi-tôt.

Ou donc eſt ce rocher ? dis-le donc au plûtôt.   *tôt.*

Ah ? tu me fais languir, & ton delay m'offence.

Pardonne s'il te plaît à mon impatience :   *patience*

Mais tu ſçais que l'amour au ſouuerain degré

Ne trouuera iamais qu'on ſe hâte a ſon gré.

Que l'on luy paroît lent lorſque plus on s'excite.

Dis, à me ſoulager ma ſouffrance t'inuite   *vîte*

Dis le donc ſi tu veux, ou ie m'en vais ailleurs,

Ie ne puis plus ſouffrir tes bizarres hu-

meurs   *meurs.*

Mais auant qu'expirer il faut que ie le voye

Cet adorable obiet qui fait toute ma joye.

Ou le rencontreray- ie ? eſt- ce dans ce grand bois ?

Tu n'en ſçais rien, Echo, comme ie le pre-

uois.   *vois.*

Scene seconde.

TAMIRE, CLORINDE.

TAMIRE.

Ie le vois, tu dis vray.

CLORINDE.

Sauuons-nous, c'est Tamire

TAMIRE.

Arreftez, Alcimene, arreftez que veut dire
Cette fuite fi prompte ? ah ! pourquoy fuyez vous
Arreftez.

Scene troifiéme.

TIMANTE, LICORIS,

TIMANTE.

Ce Berger qui s'éloigne de nou
Eft-il Tamire ? il fuit de prez vne Bergere.

LICORIS.

C'eft Clorinde,

TIMANTE.

Mais quoy ? que luy voudroit-il faire

LICORIS.

Il la croit Alcimene, & comme on peut iuger
De fon prompt changement il cherche à fe vanger
O ! force de l'amour ! ce Berger déplorable,

Ce fidelle Berger à nul autre semblable
Tout remply d'Alcimene & de ses doux apas
Croit la voir mesme aux lieux ou l'on ne la voit
　　pas.
Il la regarde enfin dans le bois, dans la plaine,
Et ne l'y voit iamais cette aimable Alcimene.
L'amour qui la percé du plus funeste trait,
En tient deuant ses yeux sans cesse le portrait.
De sorte que frapé d'vne pareille veuë,
Toute chose en son ame est soudain confonduë.
Il ne peut discerner l'obiet de son amour,
Et chaque obiet present le trompe tour à tour.
Dans le premier Berger il croit trouuer Alcandre,
Et comme à cette veuë il se laisse surprendre,
La fureur aussi-tôt agitant son esprit
Il s'emporte, il menace, & ne sçait ce qu'il dit,
Alcandre est son riual, il ne respire en l'ame
Que l'ardeur de punir son riual & sa flame.
Et de ce mouuement & iuste & dangereux
Que fait naître dans luy le malheur de ses feux,
Passant au souuenir de sa Bergere ingrate,
Il se méconnoît lors, & sa fureur éclate,
Il erre vagabond desesperé confus,
Tel qu'vn homme agité des fureurs de Bacchus,
Qui descendant du mont ou s'est fait vne orgye
Hurle & fait dans la plaine éclater sa folie.
Tantôt ce mouuement se calme & s'adoucit,
Mais comme il a tousiours Alcimene en l'esprit
En quelque lieu qu'il soit il n'est point de Bergere
Qu'il n'appelle infidelle, inconstante legere,
Qu'il ne nomme Alcimene, & qu'enfin tour a tour,
Il ne flatte, ou n'accuse au gré de son amour.

TIMANTE.

Que ie voy pleinement dans l'amoureux Tamire,
Le pouuoir de ce Dieu qui fait que l'on souspire!
Ie ne connoissois point ces troubles furieux
Qu'il excite dans l'ame & que l'on voit aux yeux,
I'ignorois ces transports, ces égaremens d'ame,
Ces rages que produit vne amoureuse flame,
I'auois aimé Bergere, & ie l'auouë icy :
Mais ie ne sçauois pas qu'on pût aimer ainsi.
Qu'on pût se reuolter contre la raison mesme,
Qu'on pût aimer enfin malgré ce que l'on aime.
Malgré le changement de ce premier obiet
Qui fût de nostre amour l'infidelle sujet.
Quoy ? Tamire aima mieux perdre la raison mes-
　　me,
Que déteindre sa flame & son amour extrême?
Son desastre m'instruit & ie suis confirmé,
Qu'il ne faut plus aimer quand on n'est plus aimé.

LICORIS.

Ce sentiment est iuste, & plût aux Dieux, Timante
Que mon ame a le suiure eût esté plus constante.

TIMANTE.

Comment ? n'aués vous pas Cephale dans vos fers
Pour vous seule il resiste à mille obiets diuers ?

LICORIS.

Discret Berger, helas ? i'en suis trop confirmée,
Mais vn autre....

TIMANTE.

Ie vois, que Clorinde allarmée.

Scene quatriéme.

LICORIS , TIMANTE , CLORINDE.

CLORINDE.

Ah ! i'échape aux fureurs d'vn mal-heureux Ber-
    ger ;
Dont le bras innocent cherche à nous outrager.
Grands Dieux, ſouffrirez-vous qu'vn amant veri-
    table
Tombe dans vn eſtat ſi triſte & pitoyable ?
Qu'à luy meſme inconnû, que dépoüillé de ſens,
Qu'errant & vagabond il coure dans les champs ?

LICORIS.

Ne voy ie pas Alcandre icy prés ?

TIMANTE.

C'eſt luy meſme.

LICORIS.

Qu'il eſt melancholique, & qu'il à le teint blême?
Ie l'entens qui gemit, & qui parle tout bas,
Dieux, il répand des pleurs.

TIMANTE.

Que dites vous ? helas!

Scene cinquiéme.

LICORIS, CLORINDE, TIMANTE, ALCANDRE.

ALCANDRE. *à part.*

Mourons puifqu' auffi bien nous perdons Alcimene.

LICORIS.

Alcandre ?

ALCANDRE.

Ah ! Licoris !

LICORIS.

Quoy ?

ALCANDRE.

ma perte eft certaine

TIMANTE.

Ah ! qui peut vous ietter en cette extrêmité ?

ALCANDRE.

Ah ! Timante, ie meurs de rage tranfporté.
Répandés Licoris, vn long fleuue de larmes,

LICORIS.

Que ie fens dans mon cœur de cruelles alarmes!
Que feroit ce ?

ALCANDRE.

ie manque & de force & de voir
La douleur me pénetre & ie rends les abois

TIMANTE.

Iuftes Dieux! quel malheur ….

ALCANDRE

ALCANDRE.

O ! fatale aventure !
L'ouurage le plus beau qui foit en la nature,
Le modelle éclatant des parfaites beautés,
Le glorieux écüeil de mille libertés,
La Bergere des Roys, la Reyne des Bergeres,
Alcimene eft enfin dans les mains des Corfaires.

LICORIS.

Ils l'auroient enleuée ! ô Ciel !

ALCANDRE.

Et la douleur
Me laiffe encore viure apres vn tel malheur ?

LICORIS.

Comment auroient-ils fait vne fi riche proye ?
Quel malheur auiourd'huy que le Ciel nous en-
voye !

ALCANDRE.

Ah ! barbares voleurs vous m'aprenez enfin
Que la Fille & le Pere ont vn mefme deftin.
N'eftiez vous pas contents d'auoir mis a la chaine
Ce Berger glorieux qui fit naître Alcimene ?
Et vou iez- vous encor enchainer de vos fers
Celle dont les beaux yeux ont charmé l'vniuers ?
Celle dont les liens s'eftendent iufqu'aux ames,
Qui n'ont iamais fenty des amoureufes flames ?
Celle que les Dieux mefme en leur brillant fejour
A voüroient fans rougir digne de leur amour ?
Aprenez, aprenez ce malheur effroyable,
Dont le feul fouuenir & me tuë & m'accable,
Heureux fi ma douleur par vn cruel effort,
M'empéchoit de fouffrir icy plus d'vne mort.
Derriere ce Coftau s'eftend vn long riuage

G

Ou mille arbres touffus font vn charmant ombra-
ge,
La, la belle Alcimene auecque fon Agneau
Orné de mille fleurs, fi folâtre & fi beau,
Auoit crû diuertir fon ame inquietée
Des penfers ou fouuent elle eftoit arreftée.
Car enfin le malheur de fon premier Amant,
Ne luy permettoit pas de viure fans tourment :
Mefme il eftoit des temps que fur fon beau vifage
Eclattoit de fon mal le iufte témoignage.
Ie fçay que mon amour ayant charmé fon cœur,
Souuent-elle en goûtoit l'agreable douceur ;
Ainfi l'vn luy caufant de la douleur dans l'ame
Et l'autre du plaifir par fon ardente flame,
Ces differents effets y combattant tous deux,
Luy donnoient des moments plus gays ou plus fâ-
cheux.
Ainfi pour adoucir cette melancholie,
Elle eftoit du logis fecretement fortie.
Mais que ne peut fur nous la force du deftin ?
Elle deuoit fortir & fe perdre à la fin.
Il fembloit que pouffé d'vn mouuement celefte,
Son Agneau predifoit fon accident funefte;
Car, auec contrainte il marchoit vers ce lieu
Qu'elle deuoit quitter par vn cruel adieu.
Donc à peine elle arriue à ce trifte riuage
Ou l'on la vit fouuent foûs vn fombre feüillage,
A ce lieu mal-heureux, ou plufieurs fois auffi
Les douceurs du fommeil calmerent fon foucy.
Que fix monftres cruels, fix Corfaires infames,
Que l'Enfer doit vn iour embrazer de fes flames,
La viennent inueftir fans fe laiffer toucher

Aux larmes qu'à ses yeux ils faisoient épancher.
LICORIS.
Helas !

ALCANDRE.
Peut on bien voir deux Soleils adorables,
Deux beaux yeux vous lancer des regards pitoya-
bles,
Des regards tremblottans, sans vouloir accorder,
La iuste liberté qu'ils vont vous demander ?
Peut-on voir vne bouche à nulle autre pareille,
Ou brille la couleur de la rose vermeille,
Vne bouche admirable & feconde en apas
Pousser de tristes cris & ne les ouïr pas ?
A ses plaintes fermer & le cœur & l'oreille ?
Ah ! rendez-nous , cruels, cette ieune merueille,
Barbares, rendez-nous ce bûtin glorieux
Qui faisoit tout le prix, & l'éclat de ces lieux.
C'est en vain qu'Alcimene éclatte en mille plain-
tes ,
Qui rendent de pitié les roches mesme atteintes,
Qu'elle pousse des cris tristes & languissants,
Puisque deux bergers seuls entendent ses accens ;
Ouy., deux Bergers assis non loin de ce riuage,
Entendent seuls sa voix & son triste langage ,
Et voulant s'aprocher de ces six inhumains ,
Ils trouuent, tout confus, Alcimene en leurs mains,
Sans armes, sans épieu, i'estois lors auec elle,
Car songeant au succez de mon amour fidelle,
Et me promenant seul l'esprit calme & serain,
Ie l'auois rencontrée au milieu du chemin.
Mais enfin ne pouuant malgré tout mon courage,
Ou plûtôt, Licoris, malgré toute ma rage.

G ij

L'arracher de leurs mains & de leur cruauté,
Ie me iette sur eux de fureur transporté,
Aimant bien mieux mourir que de voir Alcimene
Suiure malgré ses pleurs vne race inhumaine.
Mais la cruelle mort ne me satisfait pas,
Ie ne reçois pas mesme vne blessure au bras:
Les deux Bergers munis de leur arme ordinaire
Mettent tous leurs efforts à sauuer ma Bergere,
Animez par la gloire, ou peut estre à leur tour,
Comme le triste Alcandre animez par l'amour.
Mais dans le temps fatal que ces Bergers combat-
        tent,
Que leurs iustes fureurs sur le riuage éclattent,
Deux Corsaires, helas ! pleins d'inhumanité,
Se hastent d'embarquer cette ieune beauté,
Le vaisseau part apres & vogant dessus l'onde
Emporte au gré du vent la merveille du monde.
Les autres cependant nous voyant sans secours,
Soûtiennent le combat en reculant tousiours,
Ils blessent nos Bergers, & nos Bergers les blessent,
Et par de rudes coups tour à tour ils se pressent,
Iusqu'à tant qu'arriuez dessus le bord de l'eau,
Ils entrent dans l'esquif & suiuent le vaisseau.
        TIMANTE.   *à part.*
O ! mal-heureux amour.
        ALCANDRE.
                    Alors l'ame accablée
D'vne douleur profonde à tous coups redoublée
Nous allons sans sçauoir ou nous portent nos pas
Demander vn secours qu'on ne nous donne pas.
Le vaisseau dé-ja loin ostoit toute esperance,
De punir par le fer leur barbare insolence,

De'vanger Alcimene & mon ardent amour
Dont le cruel excez me va perdre à mon tour.
Ouy, percé viuement juſques au fonds de l'ame,
Ie dois par mon trépas faire éclatter ma flame ;
Vn veritable amant ne ſe fait point d'effort
Pour receuoir le trait que luy lance la mort.
La mort eſt vn azile à l'homme miſerable,
Et le trait de l'amour eſt bien plus redoutable.
I'ay pû receuoir l'vn des mains d'vn beau vain-
        queur,
Et pour receuoir l'autre ouurons luy noſtre cœur.
Le ſang qu'on en verra coûler ſur la pouſſiere,
Sera de mon amour l'éclatant caractere,
Deſia dedans mon cœur il brûle de ſortir.
Que cette ardeur me plaît qui ne peut s'amortir !
Elle eſt le témoignage, & la marque certaine
Qu'Alcandre meritoit d'eſtre aimé d'Alcimene,
Qu'Alcandre ne fût point de ces communs Amans
Qui redoutent du ſort les affreux changemens.
Reçois donc ces ſoûpirs, beauté pleine de charmes,
Ces ſanglots redoublez, & ces ameres larmes,
Ces larmes ſont le ſang de mon eſprit bleſſé,
Par vn trait de douleur profondement lancé.
Reçois auec ſes pleurs ma déplorable vie.
Ie te l'immole.   { Il ſaiſit l'Epieu
                                 { de Timante.

TIMANTE.

                    Helas ! qu'elle cruelle enuie,
D'abandonner le iour ?

ALCANDRE.

                            Ah cruel laiſſe moy,
Tu me rauis la mort que ie vois ſans effroy.
Ie te hais, cher amy, ſi tu veux que ie viue,

La mort m'appelle, helas ! souffre que ie la suiue,
Rend moy, rend moy ton fer, & cede à mes efforts,
Ma vie est maintenant feconde en mille morts.
I'ay tout perdu, Timante, Alcimene est rauie,
Que l'on m'arrache dont les restes de ma vie,
Si ie manque d'vn trait pour me percer le cœur
I'auray pour m'immoler le trait de la douleur.

LICORIS.

Ce iour qui deuoit estre vn iour plein d'allegresse,
Etale aux yeux de tous vue affreuse tristesse ?
Ah ! ie ne voy que trop en ces tristes moments
Que tousiours les plaisirs sont suiuis de tourments,
Cette loy du destin iamais ne se reuoque,
Et le monde se voit dans le flux reciproque
Des maux, des biens, de l'heur, & de l'averfité.

CLORINDE.

Mais l'on souffre souuent sans l'auoir merité,

LICORIS.

Alcandre, toutefois étouffés cette ennie,
Ce desir criminel, de vous rauit la vie,

ALCANDRE.

Non, non il faut mourir,

LICORIS.

        C'est ne la seruir pas
Que vous liurer vous mesme aux rigueurs du tré-
    pas,
Puis qu'elle vit encor, la puissance celeste,
Peût l'arracher bien-tôt d'vn estat si funeste,
Vous pouuez la seruir par quelque heureux secours
Du malheur à la joye on va presque tousiours.

ALCANDRE.

Ah ! ne me flattez pas d'vne chimere vaine.

LICORIS.

Pourquoy defefperer de reuoir Alcimene ?
Les Dieux nous furprenant fouuent par leur bien-
    faits
Montrent de leur pouuoir de merueilleux effets,
Ils ne permettront pas qu'vne telle Bergere,
Soit longtemps au pouuoir d'vn infame Corfaire.
Viuez.....

ALCANDRE.

        Ah ! Lycoris de tels raifonnemens
Sont vn foible remede au cœur des vrays Amans.
Poffedant vn obiet ils redoutent fa perte
Et vous voulez enfin alors qu'ils l'on foufferte,
Que loin d'abandonner la lumiere du iour,
Ils ofent conceuoir l'efpoir de fon retour.
S'ils peuvent s'endormir fur cette confiance,
S'ils fondent leur repos deffus cette efperance,
Ce font de faux Amans, des cœurs mal enflammés,
Mes feux furent toufiours autrement allumez.

CLORINDE.   *à Licoris.*

Malgré fon defefpoir , qu'il brûle icy de fuiure,
Timante eft affez fort pour le refoûdre à viure.
Allons voir Melicerte , & calmons la douleur,
Qu'vne fille enleuée a fait naître en fon cœur,

LICORIS.

Allons, fuiuez Alcandre vne douce penfée,
Ie vous laiffe.

ALCANDRE

    Non , non, mon ame eft trop bleffée.

LICORIS.   *à part.*

Trop aimable Berger la mienne l'eft auffi,

Scene derniere.

ALCANDRE, TIMANTE.
TIMANTE.

Dans quel étonnement, Seigneur, me vois ie-icy?
Rencontray-ie dans vous le Prince de Sicile.
Ie l'y cherche : mais las ma peine eſt inutile,
Ie ne l'y trouue point ce prince glorieux.
Quoy?pour vne beauté de ces champêtres lieux,
Vne beauté qui n'a que l'air de la campagne,
Qu'vn troupeau de moutons d'ordinaire accom-
 pagne,
Vne Bergere enfin, vouloir percer ſon flanc
Et verſer ſur la terre vn ſi precieux ſang ?
Vn ſang que diuers Roys ont mis dedans vos vei-
 nes,
Vn ſang qui doit former & des Roys & des Rey-
 nes ?
Ah! Seigneur, de ce ſang vous deuez conte aux
 Dieux,
Gardez-le ce beau ſang, ou répandez le mieux.
Quoy, l'aueugle fureur d'vn amour peu loüable,
Tiendra vôtre raiſon ſoûs ſon poids qui l'accable ?
Et vous voudrez priuer vn Pere en ſes vieux ans
D'vn fils qui luy reſta d'vn grand nôbre d'enfans,
D'vn fils qui doit bien-tôt commander en ſa place?
Ah ! Seigneur étouffés cette flame ſi baſſe.
Il ſied mal aux Heros, il eſt honteux aux grands
D'auoir dans leur amour des Bergers concurrens,
Ie ſçay bien que l'amour ne paſſe pas pour crime,

Mais il faut faire vn choix & grand & legitime,
Mesurer son amour au rang ou l'on se voit,
Et ne pas s'abaisser autant que l'on voudroit.

ALCANDRE.

Quelque amour que l'on sente on ne perd pas sa
     gloire
De combien de Heros que nous vante l'histoire
L'amour asseruit-il le magnanime cœur,
Aux souueraines loix d'vn vulgaire vainqueur?
Timante, cependant leur ardeur enflammée
A telle aux yeux de tous noircy leur renommée ?
Ie n'escoûte donc plus ce que tu me diras ;
Ie trouue de la gloire ou ie vois des apas,
On aime sans rougir quand on aime vne belle,
Et l'on souffre sans honte alors qu'on meurt pour
     elle,
Ne m'opose donc plus vn inutile effort,
Ie ne demande rien qu'Alcimene ou la mort.

ACTE CINQVIEME.

Scene Premiere.

CEPHALE, LICORIS.

CEPHALE.

Le Ciel est irrité, la preuue en est certaine,
Le malheur de Tamire, & celuy d'Alcimene
Ne nous laissent point lieu d'en douter auiour-
     d'huy.

LICORIS.

Ah ! Cephale, le ciel prend déia soin de luy.

CEPHALE.

Comment ?

LICORIS.

　　　Vous connoissez le fameux Menecrate.
Celuy dont le sçauoir dans l'univers éclate,
Vous sçauez, pour trancher ces discours superflus,
Qu'il connoît chaque plante & ses moindres
　　　vertus,
L'on a mis dans ses mains le fidelle Tamire,
Et par vne boisson que mon esprit admire,
Il a fait dans ses sens couler vn doux sommeil,
Qui bien-tôt à calmé son trouble nompareil,
Dans l'assoupissement son ame s'est plongée,
Et s'est de sa fureur doucement dégagée.
Dans sa premiere assiette elle est venüe enfin,
Et Tamire au reveil s'est veu calme & serein.

CEPHALE.

Prodigieux effet d'vne grande science !

LICORIS.　　*à part,*

Alcandre vient à nous éuitons sa presence,
Ma rougeur me trahit, menez moy vers ce lieu,
Qu'Alcimene quitta par vn si triste adieu.

Scene Seconde.

ALCANDRE, TIMANTE.

ALCANDRE.

Cher & crüel Timante, adorable Alcimene,

Vous accablez mon cœur de tourment & de peine,
L'vn de vous que ie perds me force de mourir,
Et l'autre malgré moy cherche à me ſecourir.
L'vn de vous que ie perds me pouſſe au precipice,
L'autre qui me retient fait croître mon ſuplice :
Car enfin me forçant de conſeruer le iour,
Ie meurs crüellement, & reuis tour à tour.
Ah ! crüelle pitié d'vn ſeruiteur fidelle ?
Que ne me laiſſe-tu mourir pour cette belle ?
Que ne me laiſſe-tu . . . .

TIMANTE.

      Moy, vous laiſſer, Seigneur ?
Moy, vous fournir des traits pour vous percer le
   cœur ?

ALCANDRE.

Et ne me fais tu - pas expirer à toute heure
En ne permettant point que pour elle ie meure ?
Que t'ay ie fait ingrat qu'enfin par tes efforts
Tu me faſſes ſoûfrir dans le cœur mille morts ?

TIMANTE.

Et la raiſon, Seigneur, eſt encore éclipſée ?
Et la fureur encor trouble voſtre penſée ?
Vne ame magnanime . . . .

ALCANDRE.

      Helas contre l'Amour,
Quel heros peut cōbattre ? & le vaincre à ſon tour ?
Au moment qu'il a pris des racines ſi fortes.

TIMANTE.

Quand la gloire à parlé, ſes racines ſont mortes,
L'amour tombe du lieu dont-il s'eſtoit ſaiſi.

ALCANDRE.

Il quitte rarement le lieu qu'il à choiſi,

Il regne dans mon cœur, il y veut toûiours eſtre,
Et ie ne reconnois que luy ſeul pour mon maître.
Si de foibleſſe enfin ie me vois accuſé,
L'amour en eſt la cauſe, & ie ſuis excuſé.

TIMANTE

Mais, Seigneur, regardez l'obiet qui l'a fait naître.
Ie reſpiray toûiours la gloire de mon maître,
Et ie vous trahirois ſi i'aprouuois vn feu
Dont ie n'oze pour vous faire le moindre aveu,
Mais Clorinde s'aproche, & ſa ioye eſt extrême.

Scene troiſiéme.

ALCANDRE, TIMANTE, CLORINDE.

CLORINDE.

'Alors que l'on à veû guerir ce que l'on aime
N'a ton pas droit, Berger, d'eſtre vn peu ſatisfait?

TIMANTE

Ouy, ie ſçay que Tamire eſt guery tout à fait,
Que le grand Menecrate aueque ſon breuuage,
A calmé depuis peu ſa fureur & ſa rage.
On ne le verra plus dans ces plaines errer.

CLORINDE.

Mais, ſçauez vous qu'on dit, qu'un vaiſſeau vient
d'ancrer.

TIMANTE

En quel endroit, Clorinde?

CLORINDE.

Au lieu meſme ou n'aguere
Alcimene

Alcimene s'eſt veüe au pouuoir des Corſaires?

ALCANDRE.

Qu'en dois-ie attendre ! helas !

TIMANTE.

               vn ſucces fortuné.

ALCANDRE.

L'obiet de mon amour ſeroit-il ramené?
Mais ie me flatte en vain d'vn retour fauorable,
Le deſtin me ſera touſiours inexorable.
Alcimene eſt bien loin de ce triſte ſeiour,
Et ie perds pour iamais l'obiet de mon amour.

TIMANTE.

Allons voir. Mais que voy-ie ? vn homme dont la
    mine
Marque auec ſa parûre vne noble origine:
Vn vieux Berger le ſuit & luy rend du reſpect.
Il me ſouuient .., . Alcandre .... à ſon ſuperbe
    aſpect ....
Ah!c'eſt Aſtimadas,ouy,Seigneur, c'eſt luy même.

ALCANDRE.

Que vient-il faire icy ? ma ſurpriſe eſt extrême.

CLORINDE. *a part.*

Alcandre eſt vn Seigneur !

Scene quatriéme.

ALCANDRE, TIMANTE, CLORINDE,
ASTIDAMAS NICANDRE.

ASTIDAMAS.

                Arreſtons nous icy

H

Que l'air eſt frais, Nicandre , & qu'il eſt éclaircy:
Que d'attraits en ces lieux, mõ ame en eſt charmée:
Certes ce que i'en vois paſſe la renommée
Mais ie crois, Nicandre, ouy, ie ne me trompe pas,
Cet illuſtre Berger eſt le Prince Icetas.
Ah! Seigneur vous trouuày; ie en vn tel équipage?

ALCANDRE.

Voſtre arriuée icy me ſurprend d'avantage ,
D'ou vient Aſtidamas qu'en ces lieux l'on vous
　　voit ?
Quel ſujet vous y mene ?

ASTIDAMAS.

　　　　　　　Vn, qu'à peine l'on croit.
Seigneur, c'eſt vn ſecret que ie vais vous aprendre;
Mais, qui plus que ma veuë à droit de vous ſurpren-
　　dre.
Excuſez donc Seigneur , mon deſir indiſcret,
Si deuant qu'à vos yeux i'explique vn tel ſe cret;
I'oſe vous demander le ſujet qui vous porte
A parer Icetas d' vn habit de la ſorte;
Sans doute c'eſt l'amour qui ſçut vous engager
En faueur d'vne belle à deuenir Berger:
Certes ie l'avoüray les Bergers de cette Iſle
Sont beaucoup obligez à la riche Sicile,
De leur auoir donné ce Berger glorieux,
Que le Ciel fit ſortir du ſang des demy Dieux.

ALCANDRE.

I'aimois, Aſtidamas.

ASTIDAMAS

　　　　　　Et vous aimez encore?

ALCANDRE.

Ouy, mais l'on m'a rauy la beauté que i'adore,

A ce feul fouuenir ie meurs, Aftidamas.

ASTIDAMAS.

Et fon nom ?

ALCANDRE.

Alcimene.

ASTIDAMAS.

On la rauie !

❁❁❁ ❁❁❁ ❁❁❁ ❁❁❁ ❁❁❁ ❁❁❁ ❁❁❁ ❁❁❁ ❁❁❁ ❁❁❁ ❁❁❁ ❁❁❁

Scene cinquiéme.

ALCANDRE, TIMANTE, CLORINDE,
ASTIDAMAS, NICANDRE, ALCIMENE.
LICORIS, CEPHALE.

ALCANDRE.

Helas !

Que voy-ie ! iufte ciel ! chere Alcimene ?

ALCIMENE.

Alcandre ;

ALCANDRE.

Eft-ce vous ! ou mes yeux fe laiffent ils furprendre ?
Au moment que ie croy ne vous reuoir iamais
Vous offrez à mes yeux vos aimables attraits :

LICORIS.

Me croirés vous, Alcandre, vne autre fois ;

ALCANDRE.

Bergere,

Ie voy par là qu'il faut qu'vn cœur toûjours
efpere.

H ij

Dans quelque grand malheur ou le fort l'ayt
plongé ,
Quand il n'y penfe pas il s'en voit dégagé.

ALCIMENE.

Que l'on fent de douceurs, & qu'on à de la joye!
Quand le Ciel apaifé permet qu'on fe reuoye!

ALCANDRE.

Ie ne voulois plus viure aprés voftre malheur ,

ALCIMENE.

Et i'en fouffrois pour vous vne viue douleur.

***

Scene fixiéme.

ALCANDRE , TIMANTE, CLORINDE,
ASTIDAMAS, NICANDRE, LICORIS,
CEPHALE, TAMIRE.

TAMIRE.

Dieux ! reuoy-ie Alcimene, aprés qu'on l'a rauie
He ! bien, cruelle, he bien, me rendrés vous la vie
à Aftidamas.
Seigneur excufés moy fi ie fuis indifcret ,
Mais perdant ce qu'on aime on ne fçait ce qu'on
fait.

ASTIDAMAS.

Vous aimés Alcimene ?

TAMIRE.

Ah ! ie dis plus encore,
C'eft trop peu que l'aimer , l'ingrate, ie l'adore,
Malgré fon changement ie ne veux point changer

Et i'auray trop de gloire en mourant ſon Berger.
Ie l'aime donc, Seigneur, & d'vne même flame
N'aguere elle a brûlé dans le fonds de ſon ame,
Nicandre eſtoit crû mort, & ſa mere à mes feux
Auoit voulu promettre vn deſtin bien-heureux,
Donc, dans le doux eſpoir, dans l'agreable attente
De fonder par l'hymen noſtre amitié conſtante,
D'eſtre par ce ſaint nœud l'vn de l'autre le prix,
Tout change, & d'vn riual ſon cœur ſe ſent épris,
Alcandre me l'enleue, & mon ame alarmée,
D'vn inutile feu voit qu'elle eſt conſûmée,
Mais, puiſque dans ces lieux Nicandre eſt de re-
     tour,
Ce vertueux Berger, l'honneur de ce ſejour,
Ce Nicandre dont l'ame eſt grande & magnanime,
L'amy des vertueux, & l'ennemy du crime,
Ce Berger que ie vois auec des yeux rauis,
Et dont les iours ſeront d'allegreſſe ſuiuis,
I'eſpere qu'à mes feux il ſera fauorable.

NICANDRE.

Ma femme, ie l'avoüe, a fait vn choix loüable,
Vous eſtes vn Berger digne d'vn heureux ſort,
Vous meritez beaucoup, l'on en tombe d'accord,
Mais, Tamire, mon cœur vous ſeroit fauorable,
S'il ſçauoit ce riual moins grand, moins redou-
     table,
Alcandre eſt vn Berger ſi grand, ſi glorieux,
Que ie n'oſerois pas fauoriſer vos vœux,
Vn ſemblable Berger eſt rare dans vne Iſle,
Et vous voyez enfin le Prince de Sicile.

TAMIRE.

Le Prince de Sicile?

                     H iiij

CLORINDE.

O ! Dieux !

LIGORIS.

Qu'entendons nous ?

CEPHALE.

Le Prince de Sicile ?

TAMIRE.

Helas !

ASTIDAMAS.

Ecoûtez-tous

Seigneur, c'est vn secret qui vous va bien surprendre.
Et . . . .

ALCANDRE.

Cher Astidamas ie brûle de l'entendre.

ASTIDAMAS.

Vostre oncle, dont en vous l'Image ie reuoy,
Gouuernoit la Sicile en veritable Roy,
Cette terre soûs luy paroissoit florissante,
Et sa cour si tranquille estoit riche & brillante,
L'on y goûtoit en paix la ioye & les plaisirs,
Et l'amour y regnoit au gré de nos desirs.
Mais, qu'on voit peu durer les fortunes du monde
Et qu'on se trompe, helas ! lorsque plus on s'y
  fonde !
L'enfer nous suscita dans ce paisible temps
Les plus tristes malheurs, & les plus éclatans,
Le détestable Agron, ce sujet si rebelle,
Et de qui l'ame estoit si noire & si crüelle,
Forme diuers partis sourdement en tous lieux,
Y fait entrer les gens les plus seditieux,
Aux bons sujets il fait des dons & des largesses,

Où bien il les corrompt par de grandes promesses.
Le peuple qui se plaît aux plus grands chan-
    gemens,
Et qui n'a d'autre bût dans les renuersemens
Que le seul interest dont il est idolatre,
Consent à l'esleuer, & se resoût d'abbattre;
De son trône éclatant le plus grand de nos Roys:
Il le fait, & l'on voit Agron donner des loys,
Aprés que de sa main pour faire vn plus grand
    crime,
On l'a veu massacrer son Prince legitime.
Les enfans de vostre oncle ont vn même destin,
Et sa femme à son tour se voit percer le sein.
Il restoit vne fille, & pour sauuer sa vie
Des mains de ce tiran enflammé de furie,
Vostre oncle dé-ja seur de mon zele pour luy,
Reçois de ma maison le triste & foible apuy :
Me dit-il tout en pleurs, peut estre que ma fille,
Vengera quelque iour le sang de ma famille?
Lors il met dans mes mains ce dépost precieux,
Ce dépost le plus beau qui soit venu des Cieux,
Ie ne puis éuiter la mort qui me menace,
Poursuit-il, si mon frere est vn iour à ma place,
S'il deffait le tiran, & venge mon trépas ;
Et s'il reprend enfin mon Sceptre & mes Estats,
Va luy montrer sa niepce, explique sa naissance,
Luy donnant ce billet pour plus grande assurance,
Il contient ce qu'il faut pour l'Instruire (à l'instant
Il met entre mes mains cet écrit important)
Il luy reste vn fils ieune, il peut par l'hymenée,
Au destin d'Amaxie vnir sa destinée,
Sors vîte Astidamas de ce funeste lieu,

Ie vais mourir, reçois vn eternel adieu :
Alors ce triste Roy, que de son trône on chasse
Donne à son Amaxie vn baiser & m'embrasse,
Et moy que la douleur accabloit de ses traits,
Par vn endroit secret ie sortis du Palais.

ALCANDRE.

Quoy ! mon oncle en mourant vous laissoit vne
　　fille,
Ie croyois tout versé le sang de sa famille.

ASTIDAMAS.

Non, Seigneur, ie fais donc chercher incontinent,
Vne femme qui puisse allaiter cet enfant;
Ie charge de ce soin vn seruiteur fidelle,
Et qui brûloit pour moy d'vn veritable zele,
Il cherche, & pour répondre à mes ordres exprés
Il en trouue vne enfin en vn bourg assés prés,
Lors le ciel du mary fauorisant l'adresse,
Cette femme reçoit & nourrit la Princesse,
Et pense que c'est là son veritable enfant,
Qu'on auoit fait ailleurs transporter à l'instant,
Ces deux filles n'estoient que de deux iours ageés,
Elles furent aussi facilement changées.
Ie pris soin de donner le plus secretement,
Ce qu'il falloit pour l'autre & pour son aliment
Mais de crainte qu'Agron n'euentât le mystere,
Auecque le mary soudain ie delibere
Qu'il faut qu'il se retire en son pays natal,
Puis qu'il ne pourroit là redouter aucun mal,
Il le fait....

ALCANDRE.

　　　Ce mary n'estoit pas de Sicile ?

ASTIDAMAS.

Seigneur, il auoit pris naiſſance en vne autre Iſle:
Il s'y retire donc auec vn tel dépoſt,
Tout chargé de preſens, & pour trencher le mot,
Car, ie voy bien, Seigneur, que vous eſtes en
       peine,
Ce Berger eſt Nicandre, & la fille Alcimene.

ALCANDRE.

Quoy ? ie vois Amaxie ?

ASTIDAMAS.

    Ouy, Seigneur.

ALCANDRE.

             Ah ! grands Dieux,
Deuoit on condamner mon transport furieux,
Alors qu'on m'enleua l'adorable Alcimene ?
Ah ! madame !

ALCIMENE.

   Ah ! Seigneur !

ALCANDRE.

          Quelle ioye eſt la mienne ?

ALCIMENE.

Qu'elle gloire pour moy ?

ALCANDRE.

            Toutes vos qualités,
Marquent aſſez à tous le ſang dont vous ſortez.

LICORIS.

Madame....

ALCIMENE.

   Ah ! laiſſez moy ce doux nom d'Alcimene,
Mon deſtin ne rend pas mon humeur plus hautaine,
Ie ſuis voſtre compagne, & dans ces lieux ſi beaux
Ie ne veux receuoir aucuns tîtres nouueaux,

Ie suis encor la même.

LICORIS,

Ah! quel heur, qu'elle gloire,
Lorſque nous remettrons dedans noſtre memoire,
Cet agreable temps, ces iours ſi beaux, ſi doux,
Que le Ciel nous a faits paſſer aueque vous.
Alors que nous dirons ſur le mont, dans la plaine,
Des moutons en ce lieu ſuiuirent Alcimene,
Nous la vîmes icy la houlette à la main,
Là nous vîmes dancer cet obiet ſi diuin,
Il vêquit auec nous ſoûs vn habit champêtre,
Il dormit auec nous à l'ombrage d'vn heſtre
Il confondit ſa voix aueque nos chanſons,
Tandis qu'il voyoit paître vn troupeau de mou-
    tons,
Nous cüeillîmes ſouuent dans les plaines fleu-
    ries
Des bouquets pour orner nos brebis ſi cheries,
Nous enflâmes ſouuent ſur le haut des Coſtâux
Nos flûtes, nos hauts-bois, & nos doux chalu-
    meaux;
Et nous fûmes enfin les amis d'Alcimene,
Qui loin d'eſtre Bergere eſtoit lors vne Reyne.

ALCANDRE.

Ah! cher Aſtidamas acheuez.

ASTIDAMAS.

De dix ans
On ne vit point tomber le plus grand des tyrans
Mais le Ciel eſtant las d'Agron & de ſes crimes,
Retablit dans leurs droits les Princes legitimes.
De ſorte que voyant vôtre Pere affermy,
Par le ſanglant trépas d'vn cruel ennemy

Sur vn tronc ou vôtre oncle auoit donné des mar-
  ques
De toutes les vertus qu'on voit aux vrays Monar-
  ques,
I'allay luy découurir ce fecret important,
Il reçût le billet , il le lût, à l'inftant
Il me dit de partir, & moy l'ame rauie
Ie vins pour emmener l'adorable Amaxie.

ALCANDRE.

Mais par quel heureux fort reuoy-ie cet obiet
Qui de ma paffion eft l'vnique fuiet.

ASTIDAMAS.

A fept mille d'icy rencontrant des Corfaires
Nous nous fommes armez contre fes adverfaires
Et comme nous eftions beaucoup dans le vaiffeau
Nous n'auons pas voulu manquer vn coup fi beau,
Outre qu'eftant touchez des cris fi pitoyables,
Qu'vne fille enuoyoit aux Cieux lors fauorables,
Nous auons refolu de la leur arracher,
Et de les faire tous dans la mer trébucher
Nous auons combattu d'vne male affurance,
Et la victoire enfin n'eftant pas en balance
Par l'ordre des deftins elle nous a fuiuis,
Les Corfaires font morts , & les noftres rauis,
Cherchans dans leur vaiffeau leur butin , & leur
  proye,
Ont trouué la beauté que le Ciel vous renuoye.

ALCANDRE.

Ah ! iufte châtiment ! heureufe liberté ,
De l'adorable obiet qui me tient arrefté !

ASTIDAMAS.

Seigneur, nous auions crû , que c'eftoient des Corfaires,

Mais dedans cette erreur nous ne demeurons
    gueres,
Le Maître du vaisseau voulant fûir le danger,
Et le poids de nos fers dont ie l'ay fait charger,
Tombant entre nos mains nous dit qu'il est d'vne
    Ile,
De trente milles loin de la riche Sicile,
Que s'estant arresté dans ce charmant seiour,
Il auoit veu deux fois l'obiet de vostre amour.
Qu'enfin il n'auoit pû resister a ses charmes,
Qu'il s'estoit veu contraint de luy rendre les armes,
Et qu'estant sur le point d'abandonner ces lieux,
Il vouloit enleuer ce chef-d'œuure des Cieux,
Que le sort fauorable à sa nouuelle peine,
Auoit mis en ses mains l'adorable Alcimene,
Alors qu'il n'osoit pas esperer ce bon-heur,
Voila ce que m'a dit ce nouueau rauisseur.

ALCANDRE.

Dieux! que de changemens suiuét le sort du monde.

ASTIDAMAS

Apres les grands malheurs la ioye est sans seconde.

ALCANDRE

Mais, Nicandre comment a t'il pû vous trouuer?

NICANDRE.

L'histoire est commencée, & ie vais l'acheuer.
On vous a dit, Seigneur, mon funeste esclauage,
Ou m'auoit fait tomber vn furieux orage,
On vous a dit ma mort, ie n'en parleray pas,
Et pour le faire court ie destendray plus bas.
Ces Corsaires cruels, ces ames inhumaines
M'auoient prez de deux ans retenu dans leurs
    chaines,

Quant

Quant le fort s'irritant contre leurs cruautez
Les fit voir à leur tour dans les fers arreftez.
Deux vaiffeaux bien armez les trouuant à vingt
    mille
Du plus beau port qui foit aux Coftes de Sicile,
Les attaquent fi bien, & fi refolument
Que dedans leur vaiffeau tombent confufément
Ces monftres affamez de butin & de proye :
C'eft alors que l'ennuy faifant place à la joye,
Ie regarde des mains qui me brifant mes fers
Rompent le trifte cours des maux que i'ay foufferts:
Mais parmy ces vainqueurs fi vaillâts & fi braues,
Qui déliuroient n'aguere & faifoient des efclaues,
Ie rencontre vn foldat autrefois feruiteur,
Du grand Aftidamas.

ASTIDAMAS.

               C'eft Teloré.

NICANDRE.

               Ouy, Seigneur,

Celuy qui transporta ma veritable fille
Au moment qu'il vous plût d'honorer ma famille
De ce riche dépôt que conferuoient les Dieux
Et qui fait maintenant le plaifir de nos yeux.
Nous nous reconnoiffons, ie luy conte ma vie
Dés le iour qu'elle fut à vôtre oncle rauie,
Enfin nous defcendons au port & de ce pas
Nous allons au logis du grand Aftidamas,
Qui furpris de me voir à l'inftant délibere
De me mener, Seigneur, vers le Roy voftre Pere.
Ce grand Roy plein de joye écoûte mon difcours,
Et pour en terminer maintenant le long cours,
Il veut que nous partions auffi-tôt de Sicile,

                       A

Pour luy rendre vn trefor enfermé dans nôtre Iſſe,
Nous l'auons fait, Seigneur, & vous voyez icy,
Vn Berger trop heureux de vous y voir auſſi.

ALCANDRE.

Ah! cher Aſtidamas, que d'heur vient me ſurprẽdre!
Qu'Icetas eſt heureux, & qu'heureux eſt Alcandre!
Ie voyage long-temps d'Adraſte accompagné,
I'arriue en vn païs, où ſurpris, étonné,
De voir vne Bergere à nulle autre ſeconde,
Ie renonce pour elle aux fortunes du monde ;
Ie l'adore, elle m'aime, & voila qu'en ce iour,
Chers amis, vous venés couronner noſtre amour,
En découurant enfin ſon illuſtre naiſſance.
Tamire, vous l'aimiés, & de vôtre conſtance
Mon cœur eſt ſi ſurpris qu'il en eſt enuieux,
Soyons Amis pourtant.

TAMIRE.

Il m'eſt trop glorieux.
Seigneur, ie voy qu'il faut enfin quoy que ie faſſe,
Que d'vn extrême amour la raiſon ayt la place.
I'adorois Alcimene & n'eſtois qu'vn Berger,
Ainſi de ſes liens ie me ſens dégager,
Non, que de ſes apas ie perde la memoire,
Vn ſi beau ſouuenir me comble trop de gloire:
Mais parce que le ſort l'a fait naître d'vn ſang
Qui demande vn Heros, Seigneur, de vôtre rang,
Ne vous repentés pas adorable Alcimene
D'auoïr en ma faueur reſſenty quelque peine,
Si vous ne pouuiez pas eſtre à Tamire vn iour
Cõſentez tout au moins qu'il ſonge à vôtre amour.

ALCIMENE.

Ie vous aimay, Tamire, & malgré ma naiſſance

Ie ne rougiray pas de ma longue conſtance,
On ne rougit jamais de cherir la vertu,
Et mon cœur fût content du prix qu'il auoit eü.
Ce prix fut vôtre amour, i'en cheris la memoire,
Malgré mon changement vous pouuez bien le
    croire,
Car enfin ſi i'aimay cet illuſtre Berger,
Vous voyez que le Ciel m'y voulut engager.
Que les Dieux firent ſeuls ce glorieux ouurage.

ALCANDRE.

Madame, il meritoit vn ſi noble avantage
Mais, puis qu'enfin les Dieux ont châge nôtre ſort,
Tamire doit ceder ſans peine & ſans effort,
Aux charmes de Clorinde, aux loix de ſon empire,
Puiſque Clorinde ſeule eſt digne de Tamire.

TAMIRE.

I'obeïray, Seigneur, & ne combattray pas
Contre vn amas ſi grand de graces & d'apas.

ALCANDRE.

Nicandre, il faut nous ſuiure, & puiſque Melicerte
De cet obiet diuin ſouffre auiourd'huy la perte
Il faut qu'elle ſe voye au Trône de nos Roys.

NICANDRE.

Ouy, Seigneur, en tous lieux nous receurons vos
    loix,
Et quand meſme chés vous ie n'aurois point de fille
Comme il m'y reſte encor l'apuy de ma famille
Ie ſortirois de Chypre & ie ſuiurois vos pas.

ALCANDRE.

Nicandre, pourroit bien ne s'en repentir pas:
Car enfin le beau ſort qu'à tous deux ie veux faire
Quels que ſoiët vos deſirs aura droit de vous plaire

Ouy, l'on verra ce fort & fi riche & fi doux,
Que de tous les Bergers vous ferez des ialoux.

CEPHALE.

Ils ne font pas, Seigneur, d'vn merite ordinaire,
Quel que foit ce beau fort que vous leur vouliez
 faire
Ie les verray tous deux auec des yeux rauis,
I'aimeray leur bon heur, poffedant Licoris;
C'eft l'vnique trefor ou mon bon-heur repofe.

ALCANDRE. *à Licoris.*

Bergere, en fa faueur direz vous mefme chofe ?

LICORIS. *à part.*

Cher Cephale, mon cœur te rend tout mon
 amour,
Ie r'entre dans tes fers en ce glorieux iour.
Seigneur, il fçait affez ce que ie pourrois dire.

ALCANDRE.

Cephale, Licoris, Clorinde, & vous Tamire
Que direz vous du fort d'Alcimene & de moy ?
Allons Aftidamas, retournons vers le Roy,
Puifque impatiemment il attend la Princeffe
Faifons luy voir bien-tôt & fon fils & fa niepce.
Cependant ordonnons vne fefte demain,
Nous la deuons Madame à noftre heureux deftin,
Nous deuons cette ioye, éclatante & publique
A noftre fort plus doux qu'il ne fût tyrannique,
Puis qu'il nous fait goûter vn excez de plaifirs
Si nous auons pouffé quelques triftes foûpirs;
Immolons noftre cœur à la grande Déeffe,
Qui fit naître dans-nous, l'amour & la tendreffe,
C'eft la diuinité qu'il nous faut adorer,
Et celle dont enfin il faut tout efperer.

FIN.

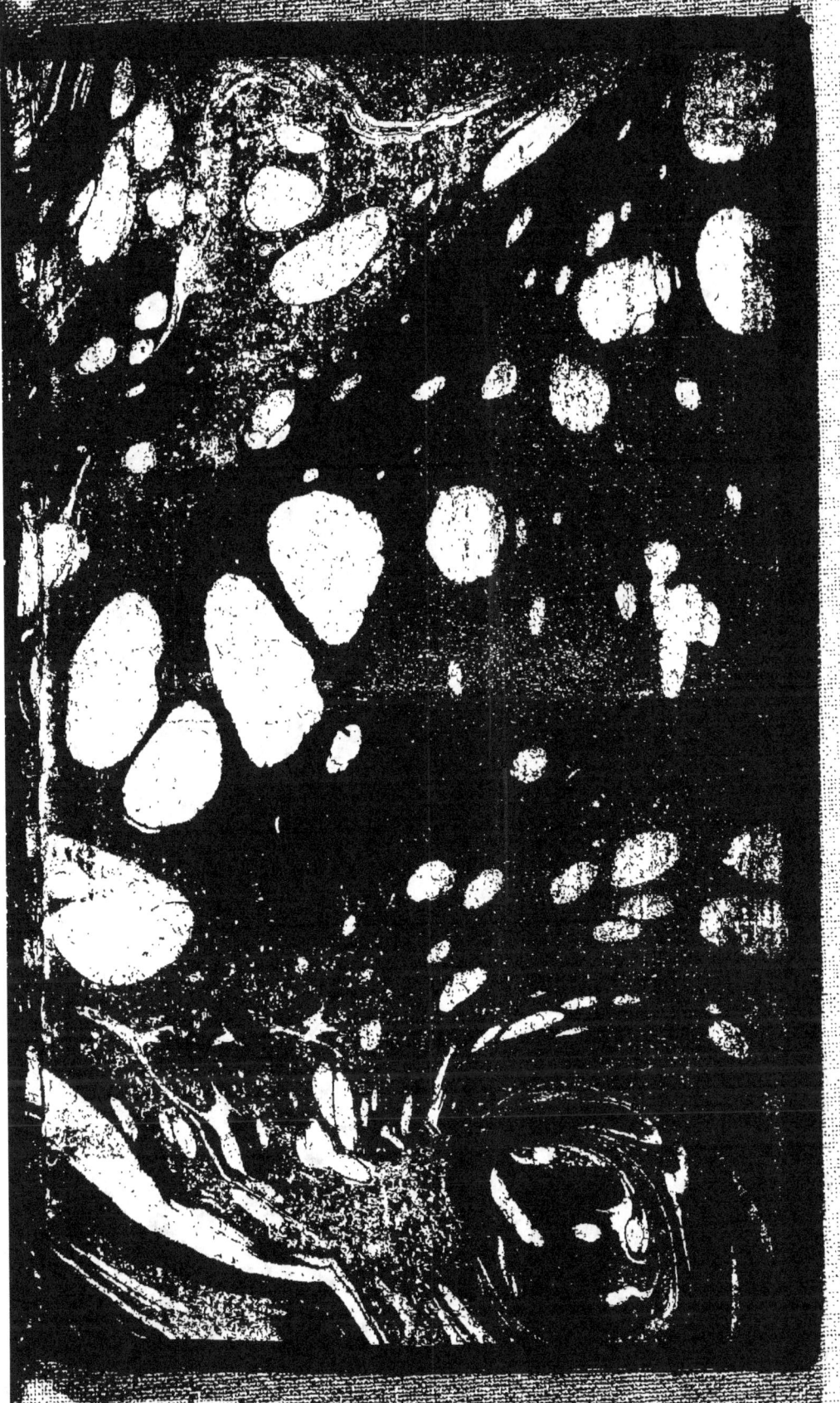